非人學生與厭世教師 ②

人間老師，可以替我們找出希望嗎……？

来栖夏芽 插畫 泉彩

MISANTHROPIC TEACHER IN DEMI-HUMAN CLASSROOM.

Kadokawa
Fantastic Novels

CHARACTER
人間 零
龍崎花梨

黑澤寧寧子
根津萬智

非人少女的露天溫泉
——溫泉，那是深山裡的烏托邦！
「嗚嘿嘿嘿～～！花梨梨！我可以捧一下妳的胸部嗎？」
「一一咲……妳這樣好噁心啦……」
「哎呀？我倒是無所謂喔？」

「好耶～！作為回禮，一咲的胸部也給妳揉！」
「謝謝喔，一咲！」
「謝什麼謝啊！」

「老師，你有生氣過嗎？」
「……有。」
「有討厭的事嗎？」
「……有很多。」
「有開心的時候嗎？」
「……也有很多。」
「有痛苦的時候嗎？」
「很多很多。」
「有放棄過嗎？」
「每天都想放棄些什麼。」

不死鳥與人類
「難過的時候呢？」
「數也數不完。」
「幸福的時候呢？」
「……也是數不完。」
「這樣啊。老師的人生，是由很多很多感情點綴起來的呢。這些總總塑造出現在的你呢。」

KARIN RYUZAKI
REI HITOMA
MACHI NEZU
NENEKO KUROSAWA
MISANTHROPIC TEACHER IN
DEMI-HUMAN CLASSROOM.

非人學生與厭世教師

人間老師，可以替我們找出希望嗎……？

②

來栖夏芽

插畫
泉彩

MISANTHROPIC TEACHER IN DEMI-HUMAN CLASSROOM.

Kadokawa Fantastic Novels

這座山頂上，有棵大杉樹。
我曾在那裡俯瞰底下廣大的森林。
林裡有剛落成的鴉天狗神社，有幾個妖怪和一個年幼的人類在那裡一起提著筆，和樂融融地對話。
妖怪想成為人類，而人類告訴他們人類的規矩。

這就是我建立的學校。
現在他們在上什麼課呢？
人類建立的文化，實在是奇妙又有趣。

「——不知火大人，原來您在這啊。」
「四郎啊。」
呼喚我的是一名年輕的鴉天狗。
那座神社的主人。
修長的白髮紮得很漂亮，穿著高高的木屐。
「前當家要找您談學校的事。」
「知道了。」

四郎就此帶我到前當家面前。

前當家對我在這辦學校，從來沒給過好臉色。

「我說四郎啊。」

「在。」

「你之前不是說自己長得太嚇人，學生不敢靠近嗎？」

「是沒錯。」

「既然這樣，把個性改得平易近人一點如何？」

「……請問，這是怎麼說？」

「基本上，要隨時保持微笑～啊，語尾再加個『捏』怎麼樣？」

「『捏』……是嗎？」

我笑咪咪地注視四郎。

那樣不對吧？

「唔……我試試看……捏！」

「呵呵，很好。」

四郎也為了與人類融洽相處在努力，使我不由得會心一笑。

妖怪和人類，在神社地面上不知寫著什麼。

風輕輕地吹。

往風吹的方向望去，正好有一棵櫻花樹。

櫻花開得十分豔麗，像是在給予祝福。

沒錯，這就是——

我和學校的故事。

——這時學校才剛起步。

CONTENTS

序曲

MISANTHROPIC TEACHER IN DEMI-HUMAN CLASSROOM.

模糊的手機鬧鈴聲傳進耳裡。

看來我又打電動打到睡著了。

電腦螢幕上的ＦＰＳ遊戲停在戰敗畫面，聊天室紀錄有一大串罵人的話。

就此結束遊戲，關掉床上的手機鬧鈴。

離家獨自生活後，我的生活作息好像變得有點邋遢。不過……唉，這都是春假的關係，到了平日就會恢復正常吧。

話說回來，昨天真是嚇死人了。

因為我任教的學校——私立不知火高中的理事長臨時找我面談。

原來理事長「不知火大人」，始終偽裝成由我帶的高級班學生羽根田帷，和其他學生一起上課。是整整一年都沒注意到的我太遲鈍，還是羽根田太會演才沒露餡呢……

想著想著，便想起昨天與理事長的對話。

＊＊＊

「啊，對了對了，明年也會讓你繼續帶高級班喔。」

理事長理所當然的態度，使我有個疑問。

「……那理事長……羽根田帷還在嗎？」

「嗯，還在喔～要像對待其他學生一樣喲。還有就是，敢把我的祕密說出去就開除你。」

「啥！」

不要把攸關失業的重要事項說得跟附註一樣啦！

面對我抗議的視線，理事長不敢置信地輕聲嘆息。

「那不是當然的嗎？連這點祕密都守不住，我要怎麼相信你？」

「話是沒錯啦……那其他老師知道羽根田就是理事長嗎？」

「不知道喔～」

「不知道嗎！」

原來不是第一年的教師還不能知道羽根田的真實身分之類的嗎……？

「到先前為止，只有四郎和晴香知道。」

「四郎和晴香是誰？」

「就是我和我那個當保健室老師的女兒捏！」

「啊，說烏丸一族會比較好懂嗎？」

「這個……」

無論是說名字還是用「一族」統括，都一樣很難想像誰是誰，所以沒差。言歸正傳——

「那為什麼要把只有校長和烏丸老師知道的事告訴我？」

「嗯～不能說！」

「不能說喔！……等等，難道剛才那個『說出去就開除』不止對學生，對老師也是嗎？」

「對喔～這不是廢話嗎？」

不當一回事的理事長使我一陣暈眩。如果我跟理事長之間發生問題，以後就只能跟校長商量嗎……

往校長瞥一眼，他也像是注意到了，對我露出大大的微笑。啊啊……前途堪慮……

「這麼重要的事，怎麼不告訴星野老師或早乙女老師啊……」

「這個嘛～我這邊也有很多問題要顧啦～」

說著，理事長往空中伸手，掌上突然爆出火堆那麼大的火團。

「哇！」

「呃～記得是在這邊才對～」

理事長若無其事地把手伸進火團裡，不知道在找什麼。

「不要突然變火出來啦！」

「咦～？以後就會習慣啦，應該說，可以請你趕快習慣嗎？啊，找到了。」

理事長像是找到了目標，從中拿出幾張文件。

「……還有這樣收納的喔。」

「嗯？很方便喔。」

理事長將文件一一擺上桌。

那是紙耶，能存放在火焰裡的紙耶。用什麼材質做的啊……喔不，特殊的是火焰那邊吧……？

「老師，我有些下學年的事要解釋，可以過來嗎？」

理事長催愣在原地的我到沙發來。

「呃……那個，可以先讓我問幾個問題嗎？」

老實說，羽根田揭露自己就是理事長之後，我的腦袋還跟不上這一連串驚人的發展。

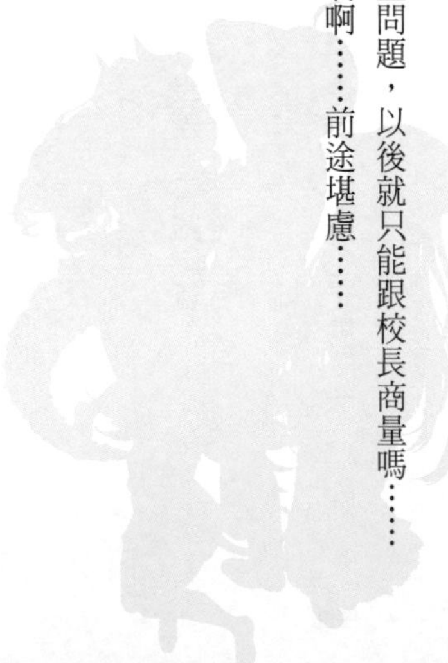

可是我覺得，在這裡被理事長拉著走，就會錯失發問的機會。

「嗯，可以喔～不過呢，你先坐下來再說。站著不方便說話吧～」

如此說道的理事長動作優雅地坐上沙發，我也在幾番猶豫之後坐到她對面。沙發和校長室的是不同方向的高級。

校長也搖搖晃晃地走到我身邊坐下……還以為他一定是坐理事長那邊呢……

「首先——」

「最多三個喔。」

「咦？」

理事長微笑著豎起三根手指。

「被你拖太久就不好了～我想趕快把下學年度的事講一講，所以最多三個。」

「……好像神燈精靈一樣。」

「他人很好喔。」

「你們還認識喔？」

人很好是怎樣？

「等人的時間很無聊，所以現在都在玩手遊的樣子。」

「怎麼這麼平民化啊！」

「嗯嗯～！人間小弟，你問完了捏？」

「啊，不好意思。」

差點就閒聊起來的我收拾心情深呼吸。三個……只有三個啊……想問的有很多。有理事長的事……

學校的事……

「……這間學校是什麼時候成立的？」

苦惱到最後，我試著從學校的歷史問起，而這問題使理事長歪起腦袋。

「嗯～前不久？欸～四郎，是什麼時候啊？」

「是我的前一任還在管理這個地區的時候揑。平安時代，源氏物語瘋傳的時候揑。」

別把源氏物語的流行說成瘋傳好嗎。不過我還是聽懂了。

「這樣啊……也就是以西元來說，大概是一千年左右……是嗎……？」

「喔～不愧是社會老師～」

理事長笑呵呵地拍著手。這是……其實還記得，故意測試我才不說清楚嗎？總之，這所學校的歷史比想像中悠久很多。

「那，可以問下一個了嗎？」

「可以喔～」

這是自從我知道「這所學校旨在幫助非人成為人類」就有的疑問。

「為什麼是『女校』？」

沒錯，以那樣的主旨來說，我覺得有男學生是很正常的事。

「想知道這個啊。其實啊～原本也是男女合班啦。可是～這樣管理起來有點麻煩，所以想改成女校或男校。最後，因為覺得會比較好玩又多采多姿，所以就選女校了～」

「根本是用自己喜好決定的嘛。」

「啊哈哈！大概是呢！」

即使笑不攏嘴的理事長令人傻眼，我還是能理解。讓這年紀的男女生成天膩在一起，就是會引起一些麻煩。況且這裡不是普通學校，難處理的事情肯定更多。在男女校中擇一來做也是理所當然……真的嗎？老實說，我還是覺得不太好。

「那……再來就是最後一個問題……」

最後的問題。問完就不能再問了……必須謹慎決定……

「這所學校……除了教育非人學生成為人類以外，有其他目的嗎？」

目的真的只是讓學生成為人類那麼單純嗎，會不會有其他——

「嗯～『這所學校的目的』啊，沒有其他目的了吧～？」

「那麼——」

「老師，我已經回答三個問題了。」

理事長以不想再陪小孩賴皮的態度，讓我把話吞了回去。

——剎那間，她眼中似乎閃過一道黯淡的光，是錯覺嗎？我有種被那雙眼睛擒住的感覺，接著——

「人間小弟！既然問完了，就趕快來聽明年度的事捏！」

校長的聲音讓我回神。那傻呼呼的聲音，不知為何令人安心。

理事長則唏噓地檢查起文件。

「我想說的基本上都寫在資料上了，現在只說需要補充的。可以嗎？」

「啊！等一下，可以先讓我看過一遍嗎！」

「不知火大人就是急性子捏……」

「咦～我只是想讓事情單純一點嘛～」

我大致同意，但希望她能多配合別人的步調。

隱約可以感覺到，這所學校偶爾會忽視人類——這時就是「我」的需求，自說自話。錄取那時，也在講解學校各種須知之前就含糊帶過。有機會問清楚時，一定要問清楚比較好！

畢竟無論結果好壞，責任都在自己身上。我這麼想著，依序查看攤在桌上的文件。

眼前的理事長慵懶地靠在沙發上，校長不知何時已到她身邊，替她做事。

文件總共是四張Ａ４紙。

理事長從火焰裡取出來的，我迅速瀏覽紙上內容。

這四張裡第一張是概要，其餘三張有明年度要升上高級班的學生照片與詳細資料。

內容大致如下：

・今後繼續將偽裝成學生的理事長視為學生「羽根田帷」。
・一旦洩漏，學校與人間零的契約便當場解約。知情者，學生退學，教職員則同樣解約。
・明年度將有兩名（加一名）中級班學生升上高級班。
・正規升級兩名：「龍崎花梨」、「根津萬智」。
・準正規升級一名：「黑澤寧寧子」。
・準正規升級者，除一般課堂之作業外，每個月須另外繳交特別作業。

「準正規升級……？」

去年沒聽過這個詞，有這種制度嗎？

「喔，寧寧子啊。剛好我想講一些關於她的事。」

理事長彎下腰，仔細查看我手上的資料。

「……唔！」

她的魔鬼身材也直接印入眼簾。老實說，穿那種衣服還彎腰，眼睛真的很難擺！雖然現在說這個真的太晚，可是她穿這麼露到底在想什麼啊！興趣嗎！

「嗯～？老師～怎麼啦～？」

理事長笑呵呵地用平常那調調戲弄緊張的我。

這傢伙……擺明是故意的……！

「真是的！人間小弟！拜託你認真聽捏！」

不是吧，校長怎麼對這種穿著不為所動啊！太奇怪了吧！誰都會嚇到好嗎！再說現在明明是理事長捉弄我，為什麼是指責我啊，不能接受！

——當著理事長的面說出這些話，八成會被當成性騷擾，所以我在心裡默唸：「拜託！聽見我的心聲！」再加上大把祈求，往校長發念，而校長只是用他圓滾滾的小眼珠看我。

「好吧，玩你就玩到這裡——」

「不要玩我好嗎……」

有點無語問蒼天的我繼續等待理事長說下去。

「寧寧子原本應該走正規升級，可是她在春假裡鬧出一起『擅離事件』。」

「擅、擅離事件！」

危險的字眼使我心臟猛然一縮。

並想起去年秋天的事。

我私自帶高級班學生右左美彗溜出學校，因此遭到懲處。

黑澤寧寧子的擅離事件是發生在春假，那麼在如此不名譽的事件上，我算是前輩。

基本上，我和右左美那一次的詳細內容應該只有當事人和教師群知道才對。但要是她也知道了，說不定會造成那其實很容易的印象——

我背上冷汗直流。那真的是一次輕率的決定，雖然結果是右左美因此能繼續邁進，我並不後悔，但自己無疑是觸犯了校規，如今也仍時常為此反省。如果真的想找最好的辦法，沒有找不到的道理吧。而我卻——

「夠了夠了！老師！該離開自己的世界嘍～」

一回神便見到理事長傻著眼對我拍手。

「唉～老師怎麼動不動就陷入自己的世界啊。」

理事長當著我的面托起臉頰，用同情的眼神看我……真教人火大。

「那個，寧寧子擅離事件的細節嘛，呃……就省略掉好了。」

「竟然是省略喔。」

「關係到她本人的名譽嘛～」

本人的名譽啊……事情好像有點沉重，讓我緊張一下。

「——啊，該不會……」

我看了看黑澤寧寧子的詳細資料，忽然想起一件事。

「她就是昨天櫻花樹下的黑貓？」

「啊，被你發現啦？」

話說昨天去便利商店時，結界邊緣的櫻花樹下有隻黑貓。

就像躲在櫻花裡似的蹲坐著。

一注意到我就一溜煙不知道跑哪去了。

是在結界外遇見的，所以沒想過那是學生……

「原來那隻黑貓也是學生啊……」

「對對對。剛說春假是故意放大範圍，其實是昨天的事。」

才過一天就馬上通知我——太有效率了，動作真快。

話說回來，既然在那時候遇到貓形的黑澤，要是能把她抓起來，說不定在那之後理事長他們就能從容一點——

「啊，放心。我昨天去找你的時候，四郎已經把寧寧子抓起來了，不要太在意喔。那時候與其找你幫忙，我和四郎自己來會比較快。」

「……難道妳會讀心嗎？」

理事長補充得簡直像是會讀心，不禁懷疑她還有更多超能力。

「啊哈哈！因為你一定會在意嘛？不用做那種事，我也知道你會怎麼想啦～」

「人間小弟是個責任心強的好孩子捏！」

這樣有意無意把人當小孩子，讓我又嘔又害羞，不過黑澤沒事就好……

理事長笑了一會兒後，視線再度回到資料上。

「那首先呢，寧寧子是特例入學的學生，在去年直接進入中級班。也就是和你同一年進來的呢。」

「特例入學？還有這種狀況喔？」

又冒出一個我不知道的學校制度。特例入學？

「有是有啦～可是幾乎沒人符合條件，真的是很少很少。」

「一下準升級，一下特例入學……還有其他制度沒告訴我的吧……」

「咦～還有嗎～？」

看她裝迷糊的樣子，肯定還有。見我對理事長投射懷疑的眼光，校長「嗯哼！」清咳一聲。

「一次全部說出來，只會造成你的混亂而已揑！以後會再找機會慢慢告訴你揑！只要時機到了，譬如你問起，或是必須知道的時候，就會告訴你揑！」

這樣我不是很容易遇到問題嗎？這樣的想法閃過腦海，可是現在都說一遍，也的確記不下來，所以就閉嘴不多說了。

理事長看我不說話，淺淺一笑繼續說：

「總之呢，特例入學跟一般的推薦入學差不多。如果跟我見過面，受到我認同的人物向我推薦『想成為人類的學生』，而且能力足夠，就可以直接跳級入學。就是這樣的制度。」

「了解。」

就是推薦歸推薦，最後還是以個人能力評斷吧。意即有可能一來就跳到高級班，或是沒有跳級，從初級班開始。

嗯？那這樣——

「為什麼正常入學的時候沒有能力分班，都從初級開始啊？」

若採能力分班，過去生活環境接近人類的學生不就能早點畢業嗎？

「啊～以前是有做過一陣子啦。不過我的判斷，有可能和學生自己認為的不一樣嘛？所以，要是對方不能接受的時候，事情會變得比較麻煩……總之呢，理由就是要避免無謂的抗議啦。處理那種事很浪費時間。」

「假如是推薦，對方只會是願意相信不知火大人判斷的人，不會有那種抗議捏！」

原來是這樣……那就合理多了。

「──回到正題，寧寧子不枉是特例入學，在中級班成績第一，可是後來發生了擅離事件。一般而言是該大幅扣分，並取消升級才對……可是考慮到當時狀況和各種緣由，在昨晚與寧寧子和校長討論過之後，改成『準正規升級』。」

一邊聽理事長說話一邊點頭的校長也開口補充：

「對於黑澤同學的懲處呢，就是準正規升級和留在中級班給她選捏。留在中級班，就等於要再過一年同樣的生活，而準正規升級就是今年上高級班，可是作業不是普通的多捏！總之就是累死人捏！所以我是推薦留級捏。不過黑澤同學最後還是選擇準正規升級捏！準正規升級的作業只要一次遲交，就要退回中級班，從那時開始算留級一年捏！所以人間小弟，要請你做的就是幫助她準時交作業捏！」

重點在這裡啊。

準正規升級，導致她需要做好作業管理。

「──啊，話說作業大概是什麼樣子？是誰來出？」

有作業就會有出題的人。該不會那也要由我來吧──？

「作業是由我和理事長來出捏！內容跟畢業作業一樣，會是『學生屆時所需要的作業』捏。」

校長他們會幫忙出啊。

沒多出這種感覺最頭痛的工作，讓我放心地拍拍胸口。

「好，事情就是這樣。老師啊，明年度還撐得住嗎？」

理事長這麼說之後，抬眼盯著我看。老實說很做作，這姿勢擺明是故意的。

不過，我對受人託付並不反感。

「撐不撐得住還不知道啦，但我還是會盡力去做。」

＊＊＊

四月八日，新學期從今天開始。

這年度我搬進校地裡的職員宿舍，通勤輕鬆很多。

再也不必每天起個大早，在電車裡搖晃好一陣子了。哎呀……有宿舍真棒……

這讓我得以好整以暇地來到辦公室自己的桌子前，好好查看電腦裡的檔案資料，為新學期做準備，並確認第一次班會要講的事。

這樣利用時間是何其優雅，何其有意義啊。拜託讓我繼續下去——這麼想時，我想起後天要上市的ＲＰＧ新作。

……既然這麼快就能到學校，以後稍微晚一點睡也不用怕了吧。

我一邊想著這些事，一邊為新學期做準備。

「——人間老師，今年也請多多指教喔！」

當我呆呆地面對螢幕完成大部分作業時，身旁開朗又甜美的聲音使我不禁傻笑起來。

「啊，早乙女老師！也請妳多多指教！」

「呵呵，今年沒有新老師，人間老師又要當一年新人嘍！哼哼！」

高挺胸膛的早乙女老師一樣是可愛到不行。如果我「什麼都」不知道，說不定會不小心愛上她。哎呀，好險好險。

接在早乙女老師之後，星野老師也往我這走過來。

「人間老師啊，我最近拿到一點好東西——放學後要喝一杯嗎？」

「啊，謝謝星野老師！」

聽起來像是邀我上居酒屋，不過他說的是咖啡。一定是買到好豆子了吧。星野老師的興趣就是沖咖啡，經常請我喝極品咖啡。接著——

「好好喔～！好羨慕喔！你也在家裡請我喝好喝的咖啡嘛！」

「好好好，下次喔～」

星野老師和早乙女老師是夫妻。

早乙女老師維持舊姓，是因為工作需要的樣子。

「人間老師！開學典禮快開始嘍！」

「好，我存個檔就過去。」

我輕巧地按下儲存鍵，便關閉電腦螢幕。

雖然已經有和幾名高級班同學相處一年的經驗，還是有點緊張。

從中級班升上來的學生，只有在中級班社會課見過面。長相和名字還記得起來，個性就不清楚了。

「——好。」

我站起來，給自己打個氣。

今年會是怎樣的班級呢？

＊＊＊

不禁想起一年前的事。

當時我也是站在這扇門前，緊張不已。

不安地拉開門，映入眼簾的卻是水月和羽根田在教室跳索朗民謠。

水月過得好嗎？

回想去年第一天在這個班任教的情景，變得有點感傷。

水月已經從這學校畢業，進入人類社會學習舞蹈。

說句老掉牙的話，人生本來就是由無數的邂逅與分離組成。今年會有怎樣的一年等著我呢？

反正，希望今年也一切順利。我一邊祈禱，一邊拉開高級班的門。

首先與我對上眼的，是個燙了公主捲的金髮少女。

她錯愕地張大了眼——

「啊……零老師……唔！」

「咦？」

我？怎樣？——啊！

那反應嚇得我趕緊檢查服裝儀容。大致看來沒什麼異狀……萬一有狀況，星野老師在辦公室就會直接說出來才對……應、應該……沒問題吧？

然而那位金髮公主捲——龍族的龍崎花梨仍然表情驚愕地注視著我，還微微顫抖。

呃……太誇張了吧……？

是怎樣？我跟龍崎只有在中級班的課堂上見過才對……有什麼值得她驚訝成這樣嗎？

龍崎就這麼大步來到我面前。

「咦？咦？」

距離近到三十公分左右。

都能看到她藍澄澄的眼睛映出疑惑的我了。

距離這麼近，她身高又比想像中矮很多，自然要抬高眼睛，心裡不禁小鹿亂撞。

直盯著我的龍崎忽然眉頭一皺，下定決心似的大口吸氣。

「零老師！我喜歡你！跟我結婚吧！」

「啊——————？？？」

直直直直接求婚……？

太突然了吧！有新學期第一天一定要嚇老師的規定嗎！

「哼的啦！」

「哇！」

「呀！——小彗妳做什麼！」

長耳的嬌小少女突然介入我和龍崎之間。

是「兔子」右左美彗。

還很不高興地狠狠瞪著我……

「嘖，花梨這樣太破壞風紀啦！真是的，不知道學校是做什麼的地方嗎！人間你是老師，不要在那裡臉紅啦！——人間！不要發呆，說話啦！」

「好、好的——！」

右左美忽然飆罵，嚇得我聲音都岔氣了。

可是龍崎仍不為所動。

「哎呀？現在是我在跟老師說話喔？小彗才該閉嘴吧？」

「唔～～～～～～～～唔！」

龍崎微笑著平靜答覆，可是皮笑肉不笑。右左美用力瞪回去，眼中滿滿的敵意，兩人視線也迸出火花。好可怕，超可怕。

理事長——喔不，羽根田帷就只是看著我們咯咯笑。

「笑死我了～話說老師，花梨都跟你求婚了，趕快回答人家嘛。」

「這、這個……」

「對了！我想要兩個小孩！」

「什麼跟什麼啊！」

要這麼難吐槽的蠢，害我不知道該怎麼回答才好。

龍崎仍用期待的眼神等待我的答覆。

「啊……呃……對不起，我不能跟妳結婚……？」

「為什麼啊！」

「咦！」

沒想到她會緊咬不放，一時語塞。

「呃……因為我們是師生關係嘛……而且那個，妳這樣講只是想捉弄我吧？」

龍崎跟我平時幾乎沒交流，想不到哪裡能讓她愛上我，況且過去也從來沒有這樣的行為……所以這一定是整人沒錯……好吧，我承認自己有不小心暗爽一下下。

「沒有那種事！我是真心喜歡零老師！」

「咦咦……？」

她好像反駁得很急切，難道是真心的……？少來少來，我很清楚不會有這種事啦！

「零老師……相信我嘛？」

唔……！

被她淚眼汪汪又歪著頭看，有哪個男人不心動的？唔……我沒那麼容易上當喔！對了，這種時候就來背年號。大化、白雉、朱鳥、大寶、慶雲、和銅……

「哎呀？零老師？零老師——！……怎麼辦，他一直唸唸有詞耶。」

「哼！不要管人間就對了啦！」

「奇怪～？右左美～妳是不是在生氣呀～？」

「帷，別吵啦。」

「右久美～妳這樣會吃虧吧啾～？」

「萬智──閉嘴啦。」

「啾～～？妳對萬智太凶了吧！話說，右久美去年上高級班的時候還發下『右久美要創下最短畢業紀錄』的豪語，怎麼還在這裡啾！」

「哼，妳不懂啦。右左美雖然錯失了畢業的機會也一點都不後悔啦。」

「啊哇哇……請不要吵架……」

「一俏，我們不是在吵架，不用擔心啦。這就像打招呼一樣！是吧，右久美！」

「萬智就是那種人啦。」

「──啊！」

背完年號的我終於回神。

「啊，老吱回來了啾。」

「根津……」

「老吱還好嗎啾？」

「沒事，謝謝。」

聽我這麼說，大耳少女回答：「太好了啾～」

萬智──根津萬智，有著圓圓的大耳朵，小小的身體，是個比去年班上最矮的右左美還要嬌小的老鼠妹妹。上中級班的課時，她給我比較聒噪的印象，升高級班以後會變成怎樣呢……

「目前看來，花梨好像沒戲喔啾～」

「唔唔唔……無所謂……零老師！你以後絕對會想跟我結婚！早點做好心理準備吧！」

說得像反派的退場台詞一樣……如此強勢的宣言，逼得我有點不知所措。

「可是老吱，花梨會先抓住胃喔，沒人比得過啾。」

「哎喲，萬智～～～～！萬智好棒喔～～乖乖♪」

「啾～～！」

被收買了……龍崎摸根津頭的樣子好有母性。

看來今年也會跟去年一樣吵鬧。

「——好了，那我們現在就來開新學年度第一次班會，都回到自己位子上。」

學生也聽話不再聊天，回座位上去。今年高級班有六個人。去年四組桌椅一字排開，今年改成前三後三共兩排。

「呃，先從自我介紹開始。我叫人間零，教社會科。喜歡的東西是電動和壽司，今年是第二年當高級班導師。希望今年大家也可以好好相處，請多指教。」

仍舊不善於自我介紹的我，將小抄收進手邊的資料裡。

「那再來，請前排靠走廊的羽根田開始自我介紹，然後往右輪到靠窗的尾尾守，再跳到後排靠走廊的龍崎——呃，黑澤在睡覺嗎？」

坐在——不對，睡在後排靠窗座位的黑澤寧寧子，就是因之前那個春假擅離事件，而採準正規升級的問題兒童。

長如流瀑的黑髮頂端，長著尖尖的貓耳。光明正大戴著眼罩趴在桌上，安穩地呼呼大睡。

給中級班上課時，也經常看到她打瞌睡。總是拿自己的書當枕頭，書上總寫著「黑魔法什麼的」。

今天是——《連貓也看得懂！簡單黑魔法一百選！》。

……真夠簡單的黑魔法。

「唉……根津，麻煩妳叫醒她。」

我姑且請鄰座的根津幫個忙。

「啾！才不要啾！萬智是老鼠耶！坐在寧寧子這隻貓旁邊已經夠討厭了啾！沒辦法當好朋友啾！萬智要換座位啾！」

換位子啊……這麼說來去年一次也沒換過，人數那麼少……再說，原來還有種族衝突的問題啊。那是不是一開始就該考慮到這方面呢。我向羽根田使眼色求救，她卻冷冷地直盯著我，彷彿在說別找她求救……

是要我自己想嗎？也對啦。即使她其實是理事長，現在仍是「羽根田帷」嘛……

我輕嘆口氣說：

「暫時還不會幫妳換座位。真的有需要也不排斥就是了……」

然後走下講台到黑澤的座位去，用手指輕敲桌面。

「黑澤，起床嘍。」

黑澤的耳朵跳了一下。

只見她慢慢坐起來摘下眼罩，一臉愛睏地慢慢環視四周，迷茫地抬頭看我。

「…………你是誰？」

「我是高級班導師人間零。」

剛才我的自我介紹，她都沒聽見呢。虧我還做了小抄……再說中級班課堂上也見了不少次吧……

「……是喔…………呼。」

「喂，醒一醒！」

忍不住吐槽無縫接睡的黑澤時，我忽然想到一個可能。

「啊，妳該不會是身體不舒服吧？」

這樣就是我不好了。

黑澤同樣一臉茫然地看著我。

「…………我很好。」

並且握起拳頭輕輕往上舉……那是表示非常健康的姿勢嗎？

「這、這樣啊……那、那好，妳再努力撐一下，今天講幾句話就放學了。」

黑澤聽了之後點點頭，摘下眼罩坐挺身子。看來是沒問題了，我便回到講台上。

「那麼，我們繼續自我介紹。先從羽根田開始。」

「好～」

羽根田慵懶答覆，站了起來。

「我是羽根田帷，種族是紅頭伯勞，喜歡聽音樂，不分領域什麼都聽～想成為人類的原因是『想演奏音樂』。歡迎大家推薦音樂給我聽喔。接下來這一年請各位多多指教。」

簡潔有力，印象很不錯。感覺跟我的很像。太棒了，打招呼就是要簡潔，嗯嗯。

羽根田就座之後，換鄰座右左美站起來。

「我是右左美彗，兔子。看就知道了啦。想成為人類的原因是——『想當人類的醫生』。這是我跟很重要的人約好的，所以右左美今年會更努力學習。」

去年那件事以來，右左美的學習態度比以往更積極了，尤其是理科方面。為了應試，還請教數學的星野老師瘋狂惡補的樣子。星野老師是個優秀到令人不解為何甘願留在這裡的老師，早乙女老師還說他優秀到能從美國的大學第一名畢業。在星野老師的個別指導下，右左美今年的學力一定能扶搖直上，上醫大也不是妄想。

「換、換我！那個，我是尾尾守一咲，是狼人。想成為人類的原因嘛……去年還是『不想再不上不下』，可是……現在還在想。其實我有雙重人格，會在滿月的日子變成另一個人格。我需要一點時間，來想想未來要怎麼跟這個滿月的人格相處，不過最後還是想成為人類。那個，不好意思，到現在都還不能決定……自我介紹完畢。」

「尾尾守。」

「什、什麼事！」

我將止要就座的尾尾守叫住，她又挺直背脊站了起來。

是不是應該等她坐下再叫呢。不過用不了多少時間，就趕快把想說的說完吧。

「目標那方面慢慢想就行了。可是到夏天——進入夏天之前，我想跟妳稍微談一下以後的事。」

「知、知道了，謝謝老師！」

尾尾守不想成為有雙重人格的人類，又不想去除任何一個人格。如果選擇就此留在學校裡生活，不知道行得行不通。但就算可以，還是希望她能從學校「畢業」。會這樣想，是因為我是教師嗎？

「那再來換我吧？我是龍崎花梨，來自高尚的龍族喔。想成為人類的原因是『想嘗嘗戀愛的滋味』——所以零老師，如何？可以教我什麼是戀愛嗎？」

「抱歉辦不到。」

我才剛拒絕而已耶，她還不死心……可是很遺憾，我的倫理觀和理性之壁應該是比龍崎想像中還要厚。再說，實在不覺得自己能夠和學生談戀愛。不，打從一開始就沒有這種想法。然後，我還是懷疑她只是在玩弄我……

「唔唔唔……果然是因為還沒立旗的關係嗎……」

「什麼？」

怎麼說得像在玩戀愛遊戲一樣。

「零老師，我還沒放棄喔！絕對要讓你愛上我！」

龍崎對我伸出食指高聲宣言。

她該不會是個宅妹吧……有點好奇呢。

「換萬智了～！老吱～！萬智是根津萬智啾！老鼠啾！妹妹在初級班啾！想成為人類的原因是『想吱很多好吱的東西』啾～！最近最好吱的是舍監寮子阿姨做的布丁啾！現在流行入口即化的布丁，而寮子阿姨的布丁比較紮實，可以吱到牛奶的香醇，雞蛋的味道也很濃啾！完全是傳統古早味的紮實香濃布丁啾！有點苦的焦糖也把布丁的甜強調得剛剛好，搭得不得了啾～是大人的口味啾～！」

明明是自我介紹，根津卻半途做起美食報告，使我不禁吞吞口水。

糟糕……想吃布丁了……

「……我開始想吃布丁了呢。」

看來尾尾守也有相同感受。

「那麼一俏，下次我們一起做布丁啾！請寮子阿姨教我們做啾！」

「哇，沒問題！」

「咦～我也想要學～」

「沒想到小帷也對這個有興趣耶啾！」

「是喔？」

「好好好，閒聊到此為止——最後，換黑澤。」

再這樣下去會愈扯愈遠，我便打斷她們，要黑澤繼續自我介紹。她好不容易保持清醒的樣子，宛如幽靈般搖搖晃晃站起來。

「我是黑澤，寧寧子……種族，是貓……想成為……人類的……原因是…………祕密。」

「咦？」

我手上的資料記錄了各個學生想成為人類的原因，當然也包括黑澤。

在第一次自我介紹上請學生分享這原因，是為了製造容易互相幫助的環境……而這招是決定在這所學校執教時，星野老師告訴我的。等等，這麼說來黑澤的原因——

「寧寧子從去年進中級班的時候，就沒說她為什麼想成為人類了啾。」

「啊，這樣啊。」

說不定是黑澤本身不太想說。感覺上，找機會和黑澤本人單獨談談會比較好。

「寧寧子就是那種人啾～！自以為這樣很酷——」

「……」

「咦，怎樣啾……」

黑澤默不作聲地盯著根津看。

臉上沒有表情，看不出她在想什麼。

「…………」

「說、說話啊啾！」

「…………我——」

「啾～～～～～！！！可怕啾！可怕啾～～～～～！！！老吱～！救命啊啾！！！」

「我……明明……什麼都……沒說……」

「妳一直在瞪萬智啾～！張嘴的時候還露出獠牙啾！絕對是想吱了萬智啾！」

根津的大呼小叫惹來右左美大聲嘆息。

「唉……根本被害妄想啦。而且萬智很不好吃的樣子啦。」

「這樣說也很討厭耶啾！」

「好了好了。不用我多講吧，捕食同學的事當然是嚴格禁止。就算沒吃，只要確定是發自本能的加害行為，直接就是退學喔。而且寮子阿姨每天都會做那麼好吃的飯菜，沒人會做那種多餘的事啦。」

羽根田立刻幫忙化解在教室產生的不安氣息，讓我好安心。

對了，去年她也會像這樣暗地裡幫我解圍嘛。

「可是啾……」

「再說啊～真的怎樣的時候老師也會保護我們吧？」

羽根田像在測試我，愉快地哼哼笑。臉上寫著：「你可以吧？」

「我只能希望不會發生那種事。」

事主黑澤不知何時已經趴在桌上，安穩地呼呼大睡。

除了去年就跟我一起努力的右左美、尾尾守，和其實是理事長的羽根田外，又多了今年升上高級班的龍崎、根津和黑澤。

這高級班人數比去年多了兩名學生，不知道之後會成為什麼樣的班級。

我也得好好努力，平安過完這一年。

能幫學生達成目標就好了。

能實現每個學生的願望就好了。

——畢業典禮那天想的事，又一一浮現腦海。

看著今年的學生，我暗自懷起樂觀的微小希望。

在如此個性多彩的六名學生陪伴下——

非人教室的第二年春天也到來了。

非人學生與
厭世教師
人間老師，可以替我們找出希望嗎……？

厭世教師與徒花的戀愛占卜

MISANTHROPIC TEACHER IN DEMI-HUMAN CLASSROOM.

我有個夢想。

故事裡的人類總是在戀愛。

牽著某個人的手，依偎著互訴情衷，關心、守護著彼此。

好好喔，好羨慕喔。

我也好想找個人談戀愛。

如果有人能夠愛上我。

就可以為他付出一切了。

我看著水面上自己的倒影。

那巨大、強悍，無人能敵的龍。

——我很清楚。

人類只會怕我，不會愛上我。

從生下來就戴著根本不需要的王冠。

因為龍這種族實在太特殊了。

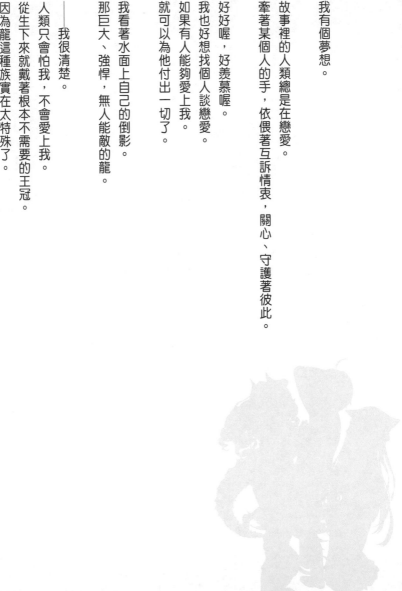

冷風吹撫著我的臉頰。
沒有人會想溫暖我。
雖然我不會冷，其實沒那個必要。

可是我——
還是很希望有人能再次抱抱我。

＊＊＊

「零老師！想跟我結婚了沒！」
「不會有那種念頭喔～」
到了四月半，我又受到龍崎不知第幾次的謎之求婚。
今天又在放學前的班會示愛，都快變成日課了。
「唔唔唔……還以為會有一點進展……」
「唉～花梨都求不膩啾～」
「嘖，到底是來學校幹什麼的啦？」
「有什麼關係嘛，右左美，這就是青春啊～」
「老師跟學生……有種禁忌之戀的感覺，好刺激喔……！」

「呼嚕……」

高級班其他同學也愈來愈習慣龍崎的態度，使我有種護城河被逐漸填滿的感覺。

「真虧妳每次都被拒絕還能堅持下去……」

「哼哼！因為我們注定會結為連理！」

「妳哪來的這種自信……」

「嘿嘿～！喜歡你！」

「……唔！」

拜託不要搞偷襲。猝不及防的我不禁別開臉去。

「……老吱，你該不會很容易暈船啾？」

「哼，超遜的啦。」

「並沒有那種事，請不要用那種眼光看我。」

根津用不敢恭維又好像在可憐我的溫暖眼光看我，右左美也像是看到垃圾一樣……

「……話說，花梨到底喜歡老吱哪一點啊？看起來很寒酸又陰沉啾？而且全身上下都很土氣啾？他的衣服搞不好只有黑白兩種顏色啾喔？而且每次都不把睡亂的頭髮整理一下啾……妳該不會是看過的人類太少，才會覺得他比較帥啾？」

根津同學？妳的嘴會不會太毒了點？就算是實話，也有分能說跟不能說的喔。

「才沒有那種事！零老師是長輩又沒女友，教師也是腳踏實地的職業，根本是超級績優股好嗎？」

「龍崎……！」

有生以來第一次有人說我是超級績優股，真的要我不竊喜都難。哇～得救啦～真的好想也給噁宅尼特渣時代的我聽聽看啊。應該能成為他活下去的希望。以後會有學生說你是超級績優股喔！恭喜你啦！未來一片光明！

「而且零老師他——」

嗯？還要繼續啊？才這麼想，龍崎若有所思地定住了。

「花梨？怎樣啦？看右左美做什麼啦？」

「怎麼了啾？」

右左美和根津都不解地盯著龍崎的臉看。

「——啊，沒事……零老師就算又土又寒酸，我一樣喜歡！」

有種冷不防遭到背刺的感覺。結果她也覺得我土啊……

也罷，反正等她畢業，進入人類世界以後，就會發現條件比我好的人類滿地都是。根津說得沒錯，就只是因為這裡樣本太少，才會比較能看而已。等到見過外面的世界，馬上就會忘了我。不過不甘心用自己的嘴說出來，就留在心裡了。我是不會得意忘形的，龍崎以後一定要找個高檔帥哥喔。

話說回來——

「請問一下，妳為什麼會想嘗試戀愛？」

我一直很想問她。

這不是需要成為人類才能實現的事吧。她現在，那個……不管是不是真的喜歡我，還是動不動就這樣說——簡直像個愛上戀愛感覺的青春期少女。嗯……也不是「像」，她就是吧。

龍崎忽然變成洩氣的表情。

「因為我太強。」

得到的是有點出乎意料的答覆。因為太強而想嘗試戀愛是怎麼一回事？

「那是——」

「還有就是！我只要接觸人類的娛樂，隨便都會聽到什麼戀啊愛的！所以想知道那是什麼！」

問題被打斷了。這句話，讓我感覺自己更接近龍崎的本質……

後來，龍崎介紹了她至今接觸過的人類娛樂——喜歡的漫畫、電影和遊戲。

這都是很良好的興趣，她對ＲＰＧ的喜好也和我頗接近。平時也有在追蹤前幾天剛上市的那款ＲＰＧ的後續報導。

儘管平常不太懂得如何應付，她的宅興趣很對我的味，感覺我們很快就會因為這方面而混熟。

龍崎花梨，龍族，在學四年。

想成為人類的原因是「想嘗嘗戀愛的滋味」。

＊＊＊

那個消息，在我們的圈子成為熱門話題。

「海洋管理者的獨生女去念專門培訓非人成為人類的學校了耶。」

「聽說是很想和人類一樣跳舞的樣子。」

「她對海洋世界來說根本等於死了吧。海洋管理者那家族，可是經常為了繼承人的事起衝突。」

那個獨生女？

我有見過她那麼一次。

當時只覺得她是個人魚小丫頭而已，沒想到那麼勇敢。

啊，不過那都是幾百年前的事了。龍還能在天上自由遨翔的時代。

她一定也改變了很多。

我開始羨慕她了。

原來，王冠能夠脫下來。

有方法能夠抹消我的強大。

到時候，還能再遇到好比那當時的人類嗎？

能明白那溫暖究竟是什麼嗎？

能明白那寂寞的來由嗎？

我也能當到戀愛的滋味嗎？

＊＊＊

「啊！零老師！我喜歡你！」

「要說早安才對。」

即使在上學路上，龍崎也一樣向我示愛。我也開始了解怎麼把那些近乎問候語的告白輕輕帶過。

「那要跟我結婚嗎？」

「不要。」

「咕～」

這種像是姑且問問的求婚，不知是多少次了。

「啊，星野老師。」

他真的很顯眼。

我在前方約三十公尺處發現星野老師的身影。

他走路駝背又搖搖晃晃，遠遠就認得出來。而且他光是個子高這點就夠顯眼了。

我是可以等到辦公室再為日前的咖啡道謝，可是既然都遇到了，便直接走過去。

「龍崎，不好意思，我先走一步。」

「咦～？不～要♪」

「咿耶！」

才剛想往星野老師那邊跑，龍崎就從背後用力抱住我。

應該說理所當然會接觸到背部的物體，真的是有夠……不行，不可以胡思亂想。我的大腦開始高速運轉，可是位在現實裡的身體卻僵在原處，什麼也不能做。「零老師？」龍崎似乎是抱著我歪頭問。她貼得我都能從背後的動靜感覺出她怎麼動作了，這樣實在很糟糕，拜託不要動……喔不，不對不對！拜託快點放開！

「呀哈哈！老師～？你跟花梨梨在做什麼啊？太好笑了吧～！」

「尾尾守……！快來救我……」

今天滿月啊……看到滿滿辣妹成分的尾尾守，我的思緒頓時上了星際。

只有滿月之日才見得到的少女——尾尾守一咲，笑呵呵地來到我眼前。

「是怎樣？被花梨梨抓到啦？笑死！什麼怪姿勢啊——！不過有點可愛喔！還是很好笑就是了～！呀哈哈！一咲下次也來試試看好了～！好嗎～！話說！一咲都是只能從小一咲的眼睛看事情啦，所以很好奇，花梨梨對老師是真心的嗎？真的是真心的嗎？還是跟一咲一樣拿來當玩具？」

「首先不要拿我當玩具！」

「說是這麼說～！其實還滿高興的吧～！」

唔……老實說，學生願意親近我的感覺還不壞，可是——

「我真的是真心的喔！」

這麼認真說這種話，讓我很困擾。

「呀————！好可愛！等一下，花梨梨太可愛了吧！咦，超喜歡！我支持妳！啊，可是一咲下次跟妳見面就是一個月以後，今天就多幫妳一點好了！欸——好開心喔——！」

啊，有不好的預感。

「一咲的這個樣子我是第一次見，感覺很好玩耶。」

「真假？謝謝喔！希望你不止喜歡一咲，也要喜歡小一咲喔！」

「……那個，我很高興看到妳們相處愉快啦，可是差不多該放開我了吧？」

沒錯，在她們對話這段時間，龍崎一直把我抱得緊緊地。而且還稍微倚著我，腰愈來愈痛了。可能是整天都在家坐著，讓我的腰變得很脆弱。有種……變老的感覺，好哀傷。三十歲就是這樣嗎……？

「……可以再一下下嗎？」

還來不及理解，她抱得更用力了。

大約再抱了十秒，龍崎才輕輕鬆開，繞到我面前。然後用幸福得耀眼的笑容說：

「嘿嘿！謝謝零老師！」

「────唔！好可愛～～～～～！咦～！花梨梨……喜翻！撒嬌系超惹人疼的啦────！哇，慘了，可愛到我都流眼淚了，呀哈～！笑死～！」

……要是尾尾守不在旁邊扭動，我搞不好真的把持不太住。

像我這樣的阿宅，通常都很喜歡這種為愛犧牲的情境。

──可是，那畢竟是二次元，是幻想。現實沒那麼簡單。

雖然是愛上戀愛的狀態，調戲老師這件事也將在未來成為龍崎的黑歷史。

我並不想有錯誤的認知，也不想促成任何人的黑歷史。

而且，過去她沒有身體接觸，就只是一直說喜歡我。所以我都是用言詞拒絕，沒有用態度否定。然而現在她用親密的接觸表現愛意，事情就另當別論。困擾程度三級跳啊。如果今天她的對象不是我，而是心術不正的大人，說不定會利用她那不知有幾成認真的感情，造成無法挽回的後果。

所以──我想趁現在──不，在今天之內，澈底釐清龍崎的想法。

＊＊＊

「好～！花梨梨！搞定老師大作戰現在開始！A計畫！啟動——！」

「一咲！拜託嘍！」

「妳們在做什麼蠢事啦……」

而且我都聽見了。晨間班會後，我也有聽到一些作戰怎樣怎樣的，她們到底想幹什麼啊……希望情況不會失控……

現在是第二節，我教的世界史下課後。

剛回答完勤學代表右左美的問題，她冷冷地看著不曉得在興奮什麼的龍崎和尾尾守。

「零老師！這堂課的內容～我有些地方想多了解一下耶～可以嗎？」

龍崎拿著課本，踏著碎步鑽進我與右左美之間。

嗯～果然又來了……目的明顯到不行，但若真的是問課業上的事，我也不好拒絕。

「哪裡？」

「咦！這————個嘛……」

她想了一下。

……喂，想好再來好嗎！就當是名目嘛！這不只是虎頭蛇尾了耶！

龍崎的眼睛慌張地轉來轉去，往一段距離外的尾尾守求救。視線另一頭的尾尾守小聲說：「隨便挑一個啦～！」但我也聽得一清二楚。

「花梨，妳傻啦？」

右左美惱火地雙手抱胸開罵。

龍崎也被右左美瞪得傻在原處。

啊……我幫忙圓個場會比較好吧。好。

「右左美，龍崎也沒惡──」

「說不定──我是真的很傻……」

意外的回答凝結了教室的空氣。

別用那麼認真的表情領悟那種事嘛。

「唔唔唔……雖然上次失敗了，這次一定要成功！花梨梨！啟動B計畫！」

「B計畫是吧！」

……就說我聽得很清楚。

午休時間，我在自己的辦公室桌位啃麵包。那是母親從家裡寄來的物資。今年春季活動，母親為了換盤子，又買了一大堆麵包。母曰：「這樣才夠分給出外生活的兒子吃。」因此我這幾天三餐都是吃麵包。

龍崎和尾尾守都在辦公室門前。

「一起吃飯是一定要的！趕快去約老師一起吃吧──！」

「知道了！」

如此可愛的情境使辦公室響起竊笑聲。

是怎樣？故意的嗎？這樣感覺很丟人耶？

我突然喉嚨發渴，將手伸向最近流行的健康飲料。說什麼內含十萬垓益生菌。我是非常懷疑，不過SNS上很流行，忍不住就買來試喝。到底會有什麼效果呢？

「零老師——！打擾了————！」

「咳噗！」

我的益生菌啊————！

根本是來踢館。氣勢強到辦公室裡教師們的視線都被她獨占了。要是我不在她還這樣喊，該怎麼收拾呢？

前面桌位的早乙女老師悠哉地笑著說：「人間老師好受歡迎喔～」我現在可是桌上都是細菌的慘狀耶！……大概是擺在早乙女老師桌上的資料遮住了，從她的角度剛好看不見。接著，踢館者龍崎向我直線走來。

「零老師！請跟我一起吃——呃……該不會現在不太方便吧？」

「…………是啊。」

誠如所見，我桌上滿滿都是益生菌。

文件沒出事，算是不幸中的大幸吧。

嗚呼哀哉，接下來是我的打掃時間。

＊＊＊

「哇～！都已經放學啦～！花梨梨對不起，我沒幫上什麼忙！不過呢，接下來還有機會——」

「快點回去。」

「真是的！話說，我覺得老師也有一點責任喔～！」

放學了。總覺得今天特別漫長。

其他學生早已離開教室，只剩尾尾守和龍崎。今天一整天下來，真的搞不懂她們為何如此纏人。

「啊，龍崎，我有話要問妳，可以分我一點時間嗎？」

「咦？」

正想和尾尾守一起回宿舍的龍崎轉過頭來。先往教室外走的尾尾守也注意到有狀況而豎起耳朵，一臉尷尬地交互看著我和龍崎。

「啊……老師……如果你是要為今天的事罵人，這幾乎都是一咲的主意，不是花梨梨的錯喔……」

原來如此，她以為我是要留龍崎下來訓話？

「尾尾守，我不是要罵人。」

「咦！所以是告白嗎！」

「哇啊！需要做一下心理準備嗎？」

「最好有那種事！」

真是的……才覺得欣慰她肯為朋友著想就這樣……

尾尾守看起來是不太懂，但可以接受，輕聲「哼～？」了一下說：「那麼花梨梨！一咲晚點還想跟妳聊，先到圖書館看時裝雜誌等妳喔～！」然後揮揮手，笑著往圖書館跑去。

——現在，剩我和龍崎獨處。我有很多話想說，可是尾尾守走了以後，這空間變得非常安靜，讓人不曉得怎麼開口。啊～直球對決好了……

「龍崎。」

「什、什麼事！」

為何有點緊張？

龍崎一聽我叫她就立正面對我，還破音。

喂，我不是才剛說不是告白嗎，這個態度是怎樣！感覺都要被她傳染緊張了，不禁輕聲嘆氣。

「關於今天早上的事……」

啊～真的好難開口。我的眼睛不禁從龍崎移開。

「對我那樣摟摟抱抱實在很不好，以後不要那樣了。還有……不管妳有多認真，我都沒辦法答應，希望以後不要隨便做那種像是告白的事。」

說出來了……

原本只想拒絕親密接觸的部分，但問題不在那裡。

再說那些示愛的表現都是不應該的事，就算她不是真心，只是想玩我，每天都做這樣的事，遲早會變成那樣的結果。

所以，要是不趁現在嚴正拒絕，恐怕會引起不好的誤會。

龍崎低著頭，微微顫抖。

「──我不要。」

「……咦？」

我發出丟人的聲音。

龍崎抬起低垂的臉，怒眼瞪我。

「不要不要不要不要──！我以後也要說我喜歡零老師！」

「啊？為什麼──」

「那當然是因為我喜歡零老師啊！」

那噙滿淚水也仍將我射穿的眼神，使我不知該怎麼辦才好。

難道龍崎比想像得還要認真──？

「那妳先說，為什麼是我……？」

「那是因為──」

「……妳之前說我是績優股，可是我並不是啊。自己說起來也有點可悲，可是在人類的社會裡，長得比我好看、生活能力強、朋友多、個性好、做事仔細又不麻煩的人到處都是！真的隨便丟石頭都砸得到！所以妳要是想成為人類來嘗試戀愛，就不應該找我，而是──」

「不是！才不是那樣！因為──因為零老師，其實我都知道！你私自帶小彗離開學校過……！」

「咦！」

她怎麼會知道……！

這件事應該只有相關人士知情才對啊……難道被龍崎看見了？當時我很小心行動，但並非萬無一失。還是說，是別人看見再告訴她的？其實早就在學生之間傳開了──

「小彗真的很遲鈍，完全沒發現我從她離開宿舍就在跟蹤。她一直都在注意周圍的樣子，可是完全沒有野生動物的直覺……兔子當成這樣也真虧她能活到現在。該不會是被人呵護大的吧？真好……好羨慕喔。」

原來如此……真的是她自己看見的。

龍崎也猜得八九不離十了。右左美原本是布偶，無法在野外生存。

「後來我也看到了等著和小彗碰面的人類──零老師你。」

龍崎和我對上雙眼。那平靜又惹人憐愛的表情，令我無法移開視線。

「零老師，你那時候也有上幾堂中級班的課嘛，所以我大概知道你是怎樣的老師。在那之前對你的印象都是不會亂來的普通人類——可是啊，那時候的零老師真的好帥。雖然有點猶豫不決的樣子，你還是選擇把小彗帶出學校了吧？我就是從那時候開始喜歡零老師的。」

「從……那時候？」

回想起那時候，使我心中五味雜陳。

有哪裡值得她喜歡的嗎？

龍崎淺笑著說：

「對呀，就是那裡。我想成為人類，是因為想要談戀愛；想要談戀愛，是因為希望受到某個人的關心——之前你問的時候，我說不出口，現在可以說了。我是因為零老師在猶豫之中為學生採取行動，才開始喜歡你的。」

「……猶豫，不是挺難看的嗎？」

「會猶豫就表示有在考慮怎麼做最好吧？我覺得那樣很帥喔。」

「說得好像真的很好的樣子。」

「對我來說就是事實啊。」

這下我真的回不了話了。我完全看不出那裡有什麼好喜歡的，但仍無法任意否定龍崎的想法。

「零老師就是一個懂得關心他人的高尚人類——以前，我身邊也有過這樣的人類……零老師，不如趁現在聽聽我的故事吧？」

龍崎像是想起久遠的回憶，視線一垂。

「當時是我還住在人類社會附近的年代。在那之前，我獨來獨往也不覺得不自在。住在山洞裡，全身有用不完的魔力，不需要吃飯也不需要睡覺，每天就是偶爾把試圖接近的人類或動物趕回去。」

趕回去是怎麼個趕法呢？我本來想問，可是怕聽見恐怖的答案就算了。

「後來有一天，來了一個人類。」

龍崎就此說起古老的故事。

來到山洞的人類是個氣質優雅的年輕女子，身穿與險峻山勢極不相襯的禮服。

龍崎像平常一樣，想把她趕回去。可是人類受了傷，無法離開。

出於無奈，只好讓人類暫時住在山洞裡。

這個人類告訴她許多人類世界的故事。

以及，這個人類其實是遭到流放的公主——

「公主她啊，一直都很關心我，從來沒有任何東西那樣對待我……零老師知道嗎，被人摸是非常舒服的事喔。而且啊，我以前都不知道早安、晚安、謝謝這些話。就是那些……不會對自己說的話……最後一天的事，我到現在都還記得。那天來的是鄰國的王子，不曉得怎麼傳的，王子以為我抓走公主，闖在山洞裡。所以就帶著大批軍隊來到我居住的山洞——」

王子對巨龍龍崎拔劍相向，為心愛的公主而戰。就是如此經典的劇情。但實際上，龍崎並沒有綁架公主，敵人從一開始就不存在。

「我不曉得該怎麼辦才好，看到有人對我揮劍就跟他們打起來了。可是人類的攻擊對我根本不管用……而且流箭還可能傷到公主……」

最後——是公主收拾了這個場面。

發生在居於弱勢的王子軍隊被打得落花流水，王子做出最後一搏之後。

公主跑到王子身邊，用法術治療他，並懇求巨龍「不要再傷害王子了」——

「公主和王子就這麼回到人類居住的地方，把我給忘了。到那時才第一次覺得——我好羨慕王子，能受到公主的關愛、保護和擁抱。還猜想假如我那麼弱小，她是不是就會繼續陪在我身邊了……後來我開始嘗試與人類，或是其他種族一起居住。可是我終究還是太強了，其他種族不是怕得逃跑，就是嚇得攻擊我。因為比誰都強，所以沒人會關心我……」

然後時代更迭，人類世界蓬勃發展，足跡愈來愈接近她居住的峻山山洞。龍崎不想再傷害人類，便躲到會洩出毒氣的活火山口居住。

「極少數人曾經發現我，把我當成所謂的UMA（未確認生物）。大概就是在那時候，我聽說海洋主宰的女兒去念可以成為人類的學校。」

——是水月。我只知道她家是非常厲害的名門，居然大到連隱居的龍崎都會聽說……

「那使我心中充滿希望。一旦成為人類，就能跟人類對等，可以長久相處，得到他人的關心……！公主說的故事都告訴我了，那種情緒就叫戀愛對不對？和人互相扶持著生活就是結婚對不對？……都是公主的錯，害我開始渴望那種溫暖。龍的強大，開始和那種強烈的情緒不相襯，我已經無法再當龍。公主因為嘗到和王子戀愛的滋味，所以離開了我的身邊。那我也想變成人類，和某個人戀愛，一起生活，想找到下一個可以去關愛的人類……想得到他的珍惜和他的愛。因為這樣的念頭，我現在才會在這裡。然後——」

龍崎向我踏出一步。

「我找到了零老師。」

在放學後只剩我們兩人的教室，龍崎用滿泛淚光的眼睛注視著我。

「即使我們不是人類，零老師也一樣與我們面對面，對等地聽我們說話……所以才喜歡零老師，想得到零老師的愛……我就是要零老師。」

龍崎的手微微顫抖。見到她這個樣子，就連我也不能說那是我自以為了。然而——

「……對不起。就算這樣，我還是『老師』。」

「不能對學生出手？」

「……不只是那樣。因為我是老師，很重視妳和其他學生。所以，沒辦法對任何一人……那個……特別待遇，或者說……去喜歡她。」

我的口才真是爛得可以，連個重點都沒有。誰教活到現在都沒人跟我說過這種話……！

聽了我這麼說，龍崎露出無力又無奈的表情。

「如果要拒絕我，可以澈底一點嗎？」

「……對不起。」

這種時候，態度應該要多強硬才對呢？可是身為教師，我必須與她維持一定的關聯，也覺得不該給她多餘的傷害，所以無法再多說些什麼。

龍崎直視著我，死了心似的笑。

「知道了啦。零老師對不起，造成你的困擾。放心，我已經習慣孤單了。」

最後一句話大概是想讓我好過點而說的，卻重重壓在我心上。

不是，我不是想看妳孤伶伶一個人，不是想聽妳說那種話。那我到底該怎麼辦才好？這樣想是偽善嗎？畢竟會讓龍崎孤單的就是我自己，無法接受她的感情，終將導致那種結果——啊啊煩死了！愈想愈混亂。總而言之！說不定真的是偽善，說不定真的會把她傷得更深。我是不是又在自我滿足了呢——好害怕。可是，也不想讓不願孤單卻還是習慣了孤單的龍崎繼續有那種眼神。

「龍崎。」

她的頭髮隨側首輕輕一晃。

為了不讓聲音發抖，我慢慢吸氣說：

「我不會和妳談戀愛。不過，會讓人想互相陪伴的感情，不是只有戀愛而已。身為老師，我也不想看妳孤孤單單——至少在妳畢業之前。」

龍崎直視著我。從她的表情難以看出想法和情緒。

怎麼辦，我是不是又說不必要的話了。

「零老師真的很奸詐。你這個地方——我也喜歡。」

那無力垮下，泫然欲泣的笑容，使我心頭一酸。這大概就是罪惡感吧。

說不定情場高手就能斷然拒絕，同時斬斷關係，使對方厭惡並主動忘記他。這也是一種善良。不過我做不到。就算龍崎的對象是我，也不願見到她後悔自己愛一個人。

不希望她像以前的我那樣，寧願自己沒有努力過。

龍崎緩緩開口：

「那個，零老師，我現在知道自己沒機會了——可是我還是喜歡你，以後，那個……還是可以在適當範圍內說喜歡你嗎……？對……在我從這所學校畢業，成為人類之前的這段時間，希望我可以繼續喜歡零老師。呵呵，我會好好利用你的優點！……因為零老師說不會讓我孤單嘛？我當然知道這不會有結果，可是——啊！我不想聽你的回答喔！那個，一咲還在等我，我要回去了！零老師，明天再見！」

「呃，喂！」

最後那邊講得超快的啦！

龍崎把話說完就拎起書包逃出教室了。

我注視著自己無處可去的右手。

呃……這樣她算是明白了嗎……

儘管心裡還有點複雜，再繼續講下去也多半是重複相同論調而已吧。可是那樣真的好嗎……唉……心裡湧上的自我厭惡使我輕聲嘆息。

「……我也回辦公室吧。」

我抓起留在講桌上的點名簿和小小的筆盒，離開教室。

一到走廊就聽到遠處傳來聲響。圖書館的方向？好奇的我往聲音來源走去。

「哇～！一咲～～！我被零老師甩啦～～！」

「花梨梨～～！很難過對不對，很傷心對不對……可是花梨梨真的很努力嘍！很棒喔！我們今天多聊一點吧！」

「嗯、嗯……！」

是龍崎和尾尾守的聲音。

那些對話又讓我的心揪了一下。

沒事的，龍崎還有朋友。

她未來一定還會有許多邂逅，與某些人結下關係。

然後畢業、成為人類，世界大為開闊——

到時候我會是什麼樣呢……

或許和現在一樣在這教書吧。

我一面想，一面往辦公室走去。

＊＊＊

「呼啊～啊……唔唔……好睏………」

既然還沒到學校，打這麼大的呵欠也沒關係。我如此相信。睡眠不足的身體，被朝陽刺得好痛。

昨天晚上，我難得對戀愛模擬遊戲出手了。

當初看它是知名大作就買下，只是平常沒碰這領域，堆到現在都沒碰。

就結論來說，劇情真的很棒，難怪評價那麼好。其實還沒玩之前，我還不覺得有什麼，以為只是女生瘋狂倒追主角的遊戲。可是隨著主角透過種種抉擇逐漸成長，我也逐漸把自己代入角色，熬夜破完一條路線——多虧如此現在睡眠不足。午休就不吃飯，直接睡覺應該比較好……

「零老師！早安！」

「龍崎……」

她的招呼變成正常的「早安」了。

看龍崎用平常的笑容說反常的問候語，即使心裡有些落寞，我仍回想著她用告白當問候的過去，覺得這是正確的改變。

這就對了。

「啊，龍崎，早——」

「還有，今天我也喜歡你！」

「……唔！」

改用補充的喔！

龍崎見到我被這場突襲嚇得說不出話，瞇眼微笑。

「那麼零老師，我先走一步嘍！」

然後留下這句話就越過我跑走了。

照耀她燦爛金髮的朝陽，和先前刺痛我的光完全不同。

那是道無比溫暖又柔和的光。

非人學生與厭世教師

人間老師，可以替我們找出希望嗎……？

厭世教師與貪吃英雄

如果神真的存在，為什麼要給我們這種考驗呢？

倒在眼前的妹妹，身上纏了好幾層膠帶，無法動彈。

只能看見她探出膠帶縫隙呼吸的嘴。

「啾……」

——還活著。

我將剛撿來的食物湊近她的嘴。

妹妹檢查似的動了動鼻子，把嘴湊上食物。

太好了，還能吃東西的樣子。

幸好人類幾乎不會到這裡來。

妹妹只是身體被膠帶黏在地上不能動而已。

沒事的。

還沒事——

只要有食物，我們就能活下去。

＊＊＊

黃金週過去，我也逐漸習慣新的班級。

龍崎依然動不動就告白，右左美對待自己和別人都很嚴厲，尾尾守認真念書，羽根田悠悠哉哉地暗地裡維持班級秩序。

不過呢——希望根津能改掉上課偷吃便當的壞習慣，黑澤也不要老是上課打瞌睡。姑且叫得醒……但時效只有十分鐘。

真虧她這種生活態度還有辦法升級。其實今年這三名高級班新生，成績都算優秀。龍崎的世界史像親眼見過一樣溜，有時甚至覺得她比我這專科老師還懂。根津也是不可貌相，理科很好，尤其對化學特別感興趣。黑澤則是最教人意外，平常整天睡覺的她竟是全科皆優，理解度還很高，和右左美有點像。若要說哪裡不一樣，就是黑澤偏文組，右左美偏理組。

「啊，人間老師！要開放學前的班會嗎？」

「早乙女老師？」

正要出辦公室時，身穿白袍的白髮美女叫住我。

早乙女老師今天也好美啊……

手上好像有拿東西——包裹？

「這是你的，剛寄到的喔～！從收據看來，裡面好像也有食品。然後明天不是星期五嗎，所以我覺得早點交給你比較好！這樣班會上就有話題跟學生聊了！呵呵！很棒對不對！來，拿好！」

寄給我的？只想得到下週才上市的附預購贈品特裝版遊戲。再說，那種東西是直接送到宿舍才對，不會送到辦公室……

我莫名其妙地從早乙女老師手中接下剛好可以用兩隻手抱著的包裹。

「——啊。」

看到寄件人，我全都懂了。

「水月同學好像在專科學校過得很好喔。」

那個包裹是去年在高級班度過整整一年，然後成功畢業的水月鏡花寄來的。

＊＊＊

「人間，太慢啦！不要以為開班會就可以隨便啦！」

「啾！老吱～！你手上的是什麼啾！好可愛啾！是籃子嗎！裡面像是餅乾啾！」

不愧是根津，眼睛真利。

「對啊，其實呢，去年還在我們高級班的水月寄了信和包裹過來喔。」

「哇，鏡花同學寄的嗎……！」

尾尾守的臉頓時亮了起來。印象中，水月和尾尾守的感情特別好。

「……鏡花怎麼說？她過得好嗎？」

羽根田問起信中內容，語氣似乎變得比較溫柔。

那充滿慈愛的表情，比較像是理事長——

「零老師？」

「——啊，抱歉。」

糟糕，不小心——不小心怎樣？不小心看得出神了？哪有可能。是最近剛玩過戀愛模擬遊戲，受到影響了吧。

「人間！快點說鏡花怎麼說啦！」

「啊，好……水月說她每天都在舞蹈學校學得很高興，最近還對音樂劇產生興趣。」

「對喔，鏡花同學本來就很會唱歌嘛。」

「哦，這樣啊。」

「人魚族的歌唱技術是溝通上不可或缺的一部分呢，所以鏡花的音樂細胞應該是比誰都好。雖然她變成人類以後已經做不到了，不過人魚的歌聲可以搭配鰭震動出的特殊音波，成為一種魅惑術……總之對人類有害。以前的人把他們叫成海妖的樣子喔，所以後來才棲息到深海去。」

「原來如此……」

羽根田替我補充說明。她果然懂很多……

「啊～對了。然後她現在經常去看音樂劇，這就是當時買回來的禮物。」

戲名是《新說：人魚公主》。水月從人類角度所見的人魚似乎相當新鮮有趣。這些餅乾的造型就是仿製主角人魚公主送給王子的那些。所以她送這些餅乾，便是「你們對我就是那麼重要喔！」的意思。

太會挑了吧。

「魚的形狀好可愛啾！可以吱了嗎啾！」

「好，我馬上發——嗯？『這個餅乾有一點遊戲成分，希望大家玩得開心！』……？」

「什麼意思啾？不管啾！反正就是希望我們一起吱好吱的，一起開心吧啾！老吱～！萬智想趕快吱看啾～！」

「好好好……」

我就這麼在根津催趕下拆開餅乾籃的塑膠袋。

呃，總共十片啊……先一人一片好了。

我隨手拿出餅乾交給學生。

「耶～！開吱了～啾！」

根津一接下就大口啃起來。

「萬智，妳太貪吃啦。」

「發了就要吱嘛！」

「班會還沒結束啦！」

「沒關係啦，右左美。今天可以放輕鬆一點。」

「人間太隨便啦……哼！」

雖然唸唸有詞，右左美也打開餅乾包裝一口咬下。

「嗯嗯嗯……哼～普普通通啦。」

「我也趁現在吃一吃吧～」

「我也要～」

「……啊嗯。」

「我、我也要吃！欸嘿嘿，形狀好可愛喔。」

學生吃著餅乾有說有笑，話題圍繞在水月上。

在舞蹈學校有沒有交到朋友，不用替水月操這種心之類的。

「對了，這裡不認識水月的只有寧寧子同學吧……呃，寧寧寧寧寧寧子同學！妳還好嗎！」

我被尾尾守的叫聲嚇得看向黑澤，發現她整張嘴紅通通地。

「咦！怎麼會那樣！」

「…………………怎麼了？」

黑澤像是沒注意到自己身上的變化，照常面無表情地歪起頭。

「寧寧子的餅乾……有超辣的味道啾！」

「什！是餅乾嗎？可是右左美的很好吃耶！」

「剛才不是說普普通通嗎，結果還是好吃啊！」

夠了，現在重點是超辣餅乾。我急忙查看餅乾籃的標籤。

怎麼看都是普通餅乾啊……並不是！

～俄羅斯輪盤餅乾～！十包裡有兩包是超辣口味！～

「哇啊啊啊啊啊啊啊啊啊！！！！！！」

水月怎麼送這種東西啊——————！！！！！！

我想她沒有惡意。

單純是想用俄羅斯輪盤的方式給我們娛樂一下吧。

可是！！！！

「黑黑黑黑黑黑澤！！！不要勉強！！！！」

「…………勉強是指？」

黑澤情緒與慌張的我完全相反，若無其事地發愣。是我搞錯了嗎？

「難、難道說妳很會吃辣……？」

「……我，不知道。」

不知道？黑澤是味覺比較遲鈍嗎——不，再遲鈍也有限。

「啾……寧寧子，借萬智一下啾。」

黑澤往如此要求的根津看了一會兒，慢慢將手上的餅乾拿到她面前。

「謝謝啾！」

超辣餅乾從黑澤轉到根津手上，根津討餅乾做什麼呢？

該不會……

「吱吱看啾！」

「根津————！」

以為她會吃，結果真的吃了！

「妳妳妳妳沒事吧！」

「嗯～～～～～辣得好好吱！」

「好、好強……！」

教室裡自然響起熱烈掌聲。

根津以前有過這麼可靠的感覺嗎……應該沒有。

她全力擺出臭屁臉和豎起大拇指的樣子，簡直像是身經百戰的戰士。

「萬智……還是一樣什麼都吃呢……」

根津沒搭理不敢恭維的右左美，跳到桌上擺出勝利姿勢高聲宣告：

「啾呵呵……哪裡有食物……哪裡就有萬智啾～～！」

「喂，不要站在桌子上。」

根津得意得像是在舞台上接受聚光燈照射一樣。

「萬智有不敢吃的東西嗎～？」

「咦？不敢吱的東西啾？嗯～～像高級燒肉、高級壽司，或高級甜點都超——怕的啾～～～～（偷看）。」

「是在演『我怕豆沙包（註：日本落語）』嗎？」

「啊，那個我也很怕啾～怕到會口吐白沫昏倒耶～～」

「這個人絕對是在騙人啦！」

在我們進行如此古典的對話時，我逮到黑澤的腦袋晃呀晃地要睡著了。

「啊！黑澤！要睡回去再睡！……啊，對了，既然妳吃到辣的，要不要再拿一片？還有剩。」

「…………喵？」

今天黑澤腦袋底下的枕頭是《用漫畫學黑魔術！》啊……又是非常好上手的……

睡眠在最後一刻遭到妨礙的黑澤臉上略顯猶豫，最後看著我點了點頭。

「啾！為什麼啾！不公平啾！萬智也要再來一片啾～～！」

「根津，妳吃兩片了吧？」

「一片半啾！」

「幾乎兩片了吧！」

這時我才注意到——

「十片裡有兩片超辣……？」

也就是說——剩下的四片裡有一片是超辣的嗎……！

注意到這個嚴重事實的我捧著籃子定格了。

「老吱？怎麼了啾？可以吱的意思啾？」

「根津……其實這四片裡有一片會辣……」

「啾？那就是這片啾！」

根津理所當然地說。

「妳怎麼知道？」

「哼、哼～！因為萬智是老鼠啾！當然是靠厲害的嗅覺聞出來的啾！老鼠的嗅覺比人類強上太多了啾——啊。」

「……根津。」

身為這所學校的老師，我不能裝作沒聽到那句話。

「啾哇哇哇！老、老吱？不要誤會啾？這這這、這是因為……唔！」

根津說得眼睛飄來飄去。不過很抱歉，公事公辦。

「根津因行為有違人常……扣分。」

「啾～～～！過分啾！根本釣魚執法啾～～～！」

「唉……白痴死啦。」

「呼嚕……」

＊＊＊

妹妹的呼吸一天比一天弱。

飯也愈吃愈少。

為什麼，怎麼這樣……！

再這樣下去——我連妹妹都要失去了嗎？

絕對不要。

明明我這麼努力想讓她活下去！

可是，我也不能再為她多做些什麼了。

不知道憑這雙弱小的手要怎麼拆開膠帶。

不知道妹妹怎麼會愈來愈衰弱。

我什麼都不知道。

好想變強。

跟人類一樣強。

假如我是人類——

是不是就能輕易救出困在眼前的妹妹呢？

＊＊＊

晨間朝會結束，學生在高級班教室閒聊時，門板忽然傳來小小的敲打聲並滑開。

「請問，萬智在嗎……？」

門後是個嬌小的女生。

「咦，妳不是——」

「千結！妳怎麼來啦啾？」

根津跑到突來的訪客面前。

小女生髮色與根津一樣，穿著類似的制服。

她的名字是——根津千結。

比根津還小隻的初級班學生。

「萬智，那個，千結不小心拿到妳的課本了。」

如此說道的根津（妹）將國語課本交給根津（姊）。

「萬智同學跟妹妹住同一間啊？」

「對啾！萬智升上中級班的時候，就改跟妹妹住同一間了啾！」

原來如此。

——學生宿舍房間分為三種。

第一是單人房，只有中級班以上且成績優秀，或高級班學生可以使用。因為需要一定程度的自立能力，否則不曉得會發生什麼事。

再來雙人房，中級班以上即可使用，且不需要皆為中級班以上。只要願意照顧對方生活，並在有個萬一時負起責任，就能和初級班學生同住。

最後是大通舖，供不符合上述房間條件的學生使用。將在舍監寮子阿姨的密集管理下生活。

「千結妹妹，好久不見。」

「花梨姊姊……上次真的很謝謝妳。」

「千結～！好有禮貌喔，好棒啾～！」

「欸嘿嘿……」

她為行為受誇獎而開心的樣子實在好可愛。

根津（妹）——千結在初級班裡，也顯得特別幼小。

「……話說，這裡學生的年齡分布狀況大概是怎樣？」

「年齡在這所學校沒有意義啦。」

「哇！我說出來了嗎？」

「老是自言自語，噁心死啦。」

「可是妳跟我說話以後，就不算自言自語了吧？」

「少廢話啦。」

罵得這麼直，我都變啞巴了。

「啊嗚嗚……請不要吵架嘛……那個，我記得我們的年齡，跟原先活了多久是兩件事……」

「這樣啊？」

我發現自己只有不時接收一點關於學校制度細則的資訊，對學生年齡方面仍是一無所知——不過，這種事和教學好像沒什麼關係。

「學生進入這所學校以後，原本的壽命就會暫停喔。這是理事長跟我說的～」

不就是妳自己嗎。我在心中吐槽的同時，腦袋裡浮現幾個疑問。

「那——如果是在壽命快結束時入學，不管離死亡多近都能活下去？畢業以後的壽命又怎麼算？」

「——可以活下去啾。」

回答的是根津。

「因為在學校裡壽命的時間會停止，就可以在這段時間活下去啾。要是退學了，時間就會繼續前進啾……最後就是那樣啾。假如畢業，就能得到和人類十八歲同樣狀態、同樣年齡的身體，壽命……應該說，以後就可以用這樣沒有任何問題的健康身體，過畢業以後的生活。」

「原來如此……那事實上就像是延長壽命嘛。」

既然如此，有學生為了延長壽命而來到這所學校也不奇怪，但我還沒見過。也就是說——算了，我也不是對每個學生的目標都很清楚。

不由得望向羽根田。

在我想像裡，理事長多半會拒絕為了那種事而想當人的非人入學。畢竟那不叫「想成為人類」。而且學生都是理事長自己挑的——

「……怎樣？」

「啊，沒事……」

一想到羽根田就是理事長，就很容易亂想些有的沒的。嗯……這樣不好……很不好呢……要趕快想想別的才行……

「那萬智，千結今天也在圖書館等妳喔！」

「知道了啾！千結！謝謝妳送課本來啾！」

千結對根津輕輕揮手，對我鞠個躬就小步小步回初級班去了。

「姊妹同校啊，真難得。」

「說是姊妹啦，其實是像妹妹一樣，不知道是不是真的妹妹啾～」

「這樣啊。妳們是從什麼時候在一起的？」

或許她們不是真的姊妹，但關係和尾尾守有點類似，所以才引起她的好奇吧。

「發現的時候就在一起了啾！其實原本還有更多兄弟姊妹……可是像萬智這樣的小動物要生存是很辛苦的啾～！右久美也是小動物，應該懂吧啾！」

「對、對呀，懂啦……希望千結也能趕快升級啦。」

「對呀啾！好想趕快變成人類，跟她一起生活啾！到時候應該是萬智比較快變成人類啾，要先給千結準備好多好吃的東西啾！」

根津這番極其光明的話，充滿了對未來的期許。

根津萬智，老鼠，在學八年。想成為人類的原因是「想吃很多好吃的東西」。

＊＊＊

——好甜。

味道和平常那些都不一樣。

我像平常一樣，送食物給妹妹吃。

從前些時候開始，妹妹變得只喝得下水了。

這個香甜的東西很軟，弄成小塊以後，妹妹或許就吃得下了。

我將它輕輕拿到妹妹嘴邊。

妹妹鼻子動了幾下，稍微張開嘴巴，把那甜甜的食物吃下去。

慢慢咀嚼，然後嚥下。

妹妹那時說的話，我一輩子都不會忘。

那是只有動嘴，不成聲的一句話，可是我聽得很清楚。

「好好吃……」

從那天起，妹妹又能稍微吃點東西了。

我不知道那個香甜的食物是什麼。

可是它救了妹妹。

——同時，也救了我。

＊＊＊

「老吱～～～～～～～～萬智想回去了啾～～～～～～～～～～～」

「不可以。」

教室裡只有我和根津。

根津眼前是幾乎一片空白的學習單，內容是基礎詞語填空和五百字報告。

「萬智肚子餓死了啾！好想吃東西啾～～～～」

懶洋洋地在桌上耍賴的根津根本是小學生。

「誰教妳要在我的課上偷吃便當。」

「……萬智以為你不會發現嘛啾。」

這傢伙……完全沒在反省……再說人數那麼少，一定會發現好不好……

「真是的……下次就不是出作業，直接扣分嘍。這次寫完這些就放過妳。」

「啾～～～～那萬智就來發出一點表示認真用功的聲音散散心啾！」

「啊？」

喀滋喀滋喀滋喀滋喀滋喀滋喀滋。

「吃什麼仙貝啊。」

「吱了腦袋才轉得動啾～～」

真的滿腦子都是吃耶……

「唉……那麼，我還有其他工作要回辦公室處理，晚點會回來。要是在那之前寫完了，就交到辦公室來吧。」

「沒交會怎樣啾？」

「扣分。」

「啾～～～～～！」

很遺憾，無論她再怎麼抗議，扣這個分是理所當然。

我就這麼將根津留在高級班教室裡獨自努力，前往二樓辦公室。

慢慢下樓梯時，有個小小的人影上來了。

「……老師？」

是千結。

「老師有看到萬智嗎？」

是來接根津的吧。

我配合千結的身高蹲下。

「喔，根津……呃，萬智……同學？她今天要課後輔導，會比較晚回去。大概要一小時……不，可能更久……」

「這樣啊……千結知道了。那千結去圖書館寫作業等她。」

「千結好棒喔～根津——萬智如果有千結那麼懂事就好了。」

「啾……」

啊，糟糕！不小心在千結面前發根津的牢騷了！這完全是失言啊。

千結洩氣地稍微低下頭。

「對對對對不起！老師當然也知道萬智有很多優點啦！呃，例如她吃什麼都比別人香啊！」

第一個例子就舉這個喔————！

不過我真的認為這是她最大的才華。啊啊但是，其他也應該——

「……萬智是千結的英雄。」

「英雄……？」

千結驕傲地抬頭看著我說：

「對。千結還是老鼠時，有一次被人類丟掉的膠帶黏住，全身都不能動了。那次真的很嚴重。」

她抱著心愛之物般說起自己的故事。

「千結還以為自己會死掉呢。死了也是沒辦法的事，可是萬智讓千結活下來了。萬智一直送飯給千結——幫千結擋雨趕跑敵人——所以萬智是千結的英雄。」

說完還驕傲地微笑起來。原來根津在千結心目中——

「這樣啊……對不起喔。千結的姊姊的確是懂事又帥氣的英雄呢。」

「欸嘿嘿……」

根津具有比任何人都更能為自己所愛努力的才能……不過呢，現在就是努力過頭才會落得課後輔導的下場。

「老師，謝謝你聽我說。」

千結這麼說之後鞠躬上樓，前往圖書館。

＊＊＊

「……喂，英雄。」

「呼嘎————唔呀唔呀……呼嘻嘻……萬智還很能吱喔～～～唔呀唔呀……」

還以為聽了千結的故事以後，我會對根津改觀，結果並沒有這種事。將辦公室業務收拾得差不多以後，回到教室就見到千結的英雄已經在桌上睡到流口水，嘴還動來動去。

「咦咦～～？這個真的也給萬智吱嗎～咕嘿嘿……」

有夠順從欲望的……唉……叫醒她吧。

「根津，該醒嘍。」

我輕敲桌面。

和平常叫黑澤的方式一樣。

「嗯嗯？——啾！『夏季限定豪華特別版咔咔刨冰～奇蹟煉乳草莓加現做湯圓，佐鮮奶霜淇淋～』到哪裡去了啾！」

「妳也吃太好了吧！」

「配料還是多加草莓跟湯圓，加爆奶蓋再加巧克力醬啾。」

「是某巴克嗎……」

根本就不是刨冰了吧……

「——既然妳在夢裡吃那麼爽，作業應該寫完了吧？」

「哎呀！」

……完全是還沒寫完的反應。

「那我先確認妳寫完的部分，拿出來。」

「唔……拿去啾。」

根津拿出學習單，角落沾到口水了……真拿她沒辦法。

我快速瀏覽一遍。嗯……看起來睡著之前都寫得挺認真，已經填了八成，報告也只剩整理。

「嗯，還不錯。剩下那幾題再加油一下吧。」

「唔呃～加油啾～～」

根津渾身發懶，完全不想動筆的樣子，可是拿回單子以後至少有擺在面前。看來她不是沒幹勁就會做其他事逃避的人，而是太有幹勁而不想做其他事的類型。

「對了，先前我出教室的時候有遇到千結喔。」

「千結一樣是在圖書館等嗎啾？」

「是啊，一邊寫作業一邊等。」

「啾……」

根津似乎因為千結在等待而進入專心模式，氣氛有些改變，還寫得很順利的樣子。

「——寫完了啾！」

「好快啊！」

「吱剩一點點了啾～！而且千結還在等啾。」

「這樣啊。啊，先等我看一下。」

我叫住抓起書包就想走的根津。

「根津真的很疼千結耶。」

「那當然啾！因為千結是萬智的心靈支柱啾！是萬智的希望啾！而且千結很會找好吱的東西啾！之前還在山上找到枇杷樹啾喔！已經約好下次一起去採了啾！」

「咦～那座山上還有果樹啊……好，作業沒問題的樣子。根津，妳還是做得到的嘛。」

「厲害吧啾！」

「好好好，很厲害很厲害。如果學乖了，以後不要再偷吃便當啦。」

「唔……這就沒辦法保證了啾。」

「為什麼啊！」

我是儘量不想扣學生分數才改成寫作業的，可是出題也不輕鬆。學生都不懂老師的辛苦！不懂老師的辛苦啊……！

「那麼老吱，明天見啾～！」

在我暗自扮演悲劇女主角時，根津已經溜出教室。

假如在課堂上介紹世界各地的美食，會讓根津對世界史更感興趣嗎？喔不，美食這種東西就該從地理切入吧……常見的有當地特產……然後——

想著想著，走廊傳來急促的腳步聲。

隨後，一大聲「砰！」響徹高級班教室。

「……唔！老吱……！」

那是根津粗魯推開高級班門的聲音。

「根、根津？怎麼啦，這麼緊張……」

忘記拿東西嗎？不，樣子不對。根津顯得很不知所措，無力地往教室牆上靠。

「千結她……」

「千結不見了啾……！」

千結？對喔，怎麼沒看到千結。她說會在圖書館裡等——

根津臉色發青地大叫，兩眼泛起淚光。

「不、不是先回去了嗎？」

「千結不會那樣！……因為是她自己說怕被其他學生吱掉才要等萬智的啾！這麼膽小的孩子會一個人回去嗎啾！」

「這樣啊……那她可能去哪裡？」

「知道的話早就去找了啾！」

大吼的根津完全失去冷靜。

雖然擔心千結的安危，現在讓根津鎮定下來才是第一優先。

「根津，我一定會盡全力幫妳找，所以——先深呼吸，冷靜下來，整理一下狀況。」

根津猶疑地看看我，閉上眼深呼吸，慢慢吐氣，再睜開眼睛。

接著見到的又是專心模式的表情。根津在胸前用力握拳，像在為自己打氣。

「……謝謝老吱。」

「好，先從想得到的一個個消去吧。千結有可以定位的手機嗎？」

「啾……初級班只能辦兒童手機，然後萬智覺得千結沒那個必要就沒幫她辦了啾。」

「這樣啊……我知道了。」

老實說，我也很緊張。根津所擔心的被吃……在校長和理事長監督下應該不會發生。可是她還是有可能離開校舍或通學路線，到森林裡頭。要是越過結界，會發生什麼事就真的不知道了。我和千結對話到現在，已經過了一小時，足夠她走出結界。說不定——不，還是先從想得到的可能消去，並為下一步做準備。

「……根津，我們先分頭找吧。妳從到宿舍的路上和自己房間開始找，我負責校舍裡面，順便問其他老師有沒有看到。」

而且還有最後的手段——請校長或理事長用作弊能力找出她的位置，這樣應該最好。

「我把手機號碼給妳，有需要就打給我。」

「知道了啾。」根津點頭同意，也告訴我在校地內才打得通的手機號碼。

「……千結會沒事嗎？」

根津以顫抖的聲音詢問。看似勇敢的她，其實還是很怕吧。我不能說不負責任的話，可是——

「我——相信千結她沒事。」

我也不敢隨便說「所以不用怕」這種話。她會懂我的意思嗎？

「千結是萬智的希望啾。」

——希望。

千結也曾說根津是她的英雄。

「因為有千結在，萬智才努力得下去——這一直都是萬智的吱柱啾。所以沒有千結，萬智就不知道怎麼辦啾。千結真的沒事嗎啾？是不是很害怕啾？老吱拜託，萬智沒有千結就不行啾。為什麼神一直想把千結從萬智身邊搶走呢啾？萬智就只是想普普通通活下去而已啾，和千結一起吱好吱的東西，笑著說好好吱而已啾！——都是萬智的錯啾，沒有一直陪在千結身邊，沒有看好她，都是萬智的錯——！」

「根津。」

我不禁喊住急壞了的根津。

她眼淚直流地看著我。

「……老吱……」

接著表情一垮——

「拜託老吱……救救千結……！」

我還是第一次看見有人叫得那麼悲痛。

根津與千結真心相對的時間比誰都久，比誰都更重視、擔心她，所以才會這麼難過。

「根津。」

我再次呼喚她的名字。

有件事必須先告訴她。

告訴獨自亂想得心慌意亂的根津。

「……千結不見不是妳的錯。妳沒有做錯任何事。」

根津的眼睛一下子睜得好大。

「～～嗚！」

接著表情痛苦扭曲，落下大滴淚珠。

「什麼叫做不是萬智的錯啾？那萬智要怎麼辦才好啾？萬智要怪誰啾？要找誰發洩這些痛苦啾？不找一個壞人出來，萬智會一吱很痛苦啾！」

那時的我也是這個樣子嗎？

「那也不需要怪罪自己啊，這絕對不是妳的錯。」

那時的我也希望聽見這種話嗎？

「……一直說不是萬智的錯……那萬智到底要怪誰啊啾！」

「不需要怪任何人啊。」

我接著說：

「我了解妳怪罪自己的心情，我也一直是這樣。可是這樣怪罪自己，看在重視妳的人眼裡是很難過的事，所以……希望妳把痛苦說給別人聽……我想人類也都是這樣互相扶持活下去的。」

說到這裡才發現。

原來，雖然我逃避了，當時還是有很多人扶持著我。

或許發現得真的很晚，可是現在總算知道了。所以以後——

「……不可以跟千結說萬智怪自己怪到哭喔啾。」

眼前的根津擦著眼淚拗氣地說。

「老吱對不起，萬智太慌了啾。萬智……一定會找到千結啾。討厭！找到以後一定要罵死她啾！」

根津噘起嘴唇，想找個依靠似的瞪著我。

「——唔！萬智到宿舍去看看啾！」

根津說完就轉過身去，跑下樓梯。

該怎樣鼓勵她才是最好的呢……

根津從視線中消失後，我就此從高級班教室和圖書館所在的三樓找起。

＊＊＊

「人間老師，找到千結同學了嗎？」

「早乙女老師……」

和根津分頭以後，我沒能在三樓找到千結，便到辦公室和早乙女老師說明事情經過，請她協助搜尋女廁或更衣室等我不方便進去的地方和體育館。我繼續搜尋校舍、分館及校舍週邊，可是我們都找不到千結。

「人間老師，校長好像剛回來。我認為接下來應該去找校長談談。」

早乙女老師以夾雜不安的認真表情向我建議。

「好……說得也是……早乙女老師，謝謝妳告訴我。不過根津萬智到宿舍去——啊，不好意思。」

口袋裡響起手機鈴聲。

「——喂，我是人間。」

『老吱……怎麼辦啾……千結也不在宿舍這邊啾……』

「……這樣啊。」

還猜想她是不是先回宿舍了，結果也沒有……

恐怕情況真的不妙了。

「那我知道了。根津，我現在要去問校長該怎麼做，妳先在宿舍等。等我們討論好怎麼處理以後會馬上通知妳。」

『千結說不定會在森林裡啾！就讓萬智到森林——』

「根津，我知道妳很想繼續找。但要是知道千結的位置以後，妳卻離她很遠也不好。所以請先忍耐一下，等我的消息。」

『……知道了啾。』

儘管不情願，她還是答應了。太好了……

「那先這樣，再聯絡。」

『要趕快把結果告訴萬智啾！』

「我會的。」

感覺根津也有很多話想對我說，可是姑且吞回去，相信等待才是最好的。

「萬智同學那邊怎麼樣？」

旁聽我和根津對話的早乙女老師擔心地詢問。

「……宿舍那邊也找不到人。我現在就去請示校長。早乙女老師，謝謝妳抽空幫忙。」

「哪裡哪裡！這是應該的嘛！我也很擔心千結同學……我繼續在校舍裡多繞幾圈好了，說不定有漏看呢！」

「謝謝。」

早乙女老師的笑容稍微緩和我的不安。

對，我也會怕。

要不是我把根津留下來課後輔導，千結就不會失蹤。而且我多半是最後見到千結的人，如果能在那時察覺她有哪裡不對——夠了，現在懊惱這些也沒用。

於是拍拍臉頰提振精神。

身旁的早乙女老師看得直眨眼睛。

「——那我去找校長了！」

「好！」

在早乙女老師目送下，我邁向校長室。

＊＊＊

「打擾了。」

我敲門入內，裡頭品味一樣是那麼糟。

校長在桌前處理文件。

「人間小弟，大致狀況我已經知道了揑。」

「咦！」

我什麼都還沒說啊。

「我可是順風耳揑！初級班的根津千結同學失蹤了揑？」

「是、是的。所以來請教您該怎麼辦……」

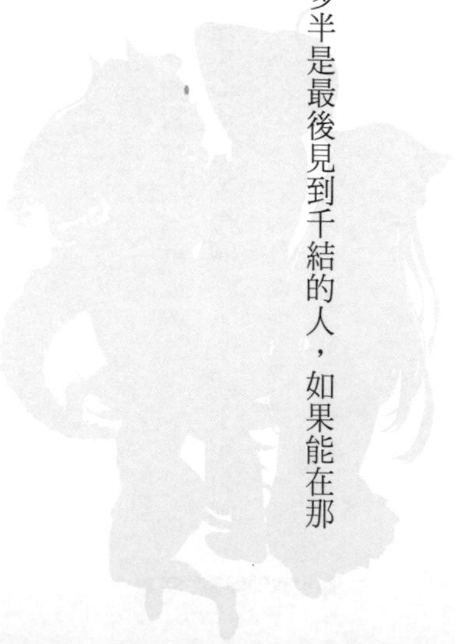

事情進展得這麼快，有點錯愕。

校長這鴉天狗還有順風耳的能力啊……

「知道了捏。那麼……既然是緊急情況，我就動用這個能力捏。」

校長站起來，慢慢閉眼並合掌。

氣氛變得好緊繃，他到底要做什麼呢……

「森林啊，風啊，我奉烏丸四郎之名在此號令，將不能視之物呈現在我的眼前——鴉天狗祕技！千里眼！」

好、好帥啊——！

他還有要唸咒語的祕技喔！

校長猛然睜大的雙眼中，浮現左輪彈巢般的圖紋。

第一次看到真正的千里眼！

門窗緊閉的校長室裡颳起陣風，辦公桌上的文件有紙鎮壓著，只是不停掀動而已。不過會客桌上的花瓶就差點倒下，我趕緊扶住。

大約經過十秒吧。

風在校長再度閉眼後停下，我也放開花瓶。

「——千結同學在森林捏。位置在宿舍以北大約三百公尺……還在結界裡捏。爬到樹上去了捏。」

「怎麼跑那麼遠啊！什麼時候到那裡去的……」

而且人在樹上——千結還會爬樹啊。

「謝謝校長，能確定她沒事真是太好了。可以直接向根津——呃，跟萬智說嗎？」

「ＯＫ的捏。」

得到校長同意後，我立刻聯絡根津。

『老吱！有消息了嗎啾！』

根津像是手機隨時握在手上，一撥通就接了。

「是啊，千結沒事。」

『唔！太好了啾——』

隔著電話都能聽出根津鬆了口氣。

『那千結到底在哪裡啾！』

「校長說她在森林裡，宿舍北邊三百公尺遠的地方。」

『知道了啾！那萬智現在就——』

「等等，我只有說大概的位置而已吧。等我跟校長問到詳細位置以後，我們再一起去。錯過就不好了吧？」

『啾……那老吱趕快跑過來啾！』

「知道了……那我們宿舍門口見。我會儘快。」

『要用衝的過來啾————！』

根津說完就掛斷電話了。

唔……我現在跑一百公尺都很吃力，可是沒辦法，狀況特殊。好久沒全力跑步了……

「校長不好意思，讓您久等了。」

「沒關係捏！那麼人間小弟，我們走捏。」

「咦？」

校長也要一起來嗎……就算我現在跑得再慢，也不會輸校長吧。

只要告訴我詳細位置，應該就可以了。可是都請他幫忙了，現在不曉得該怎麼說才好。當然，正確位置只有校長知道，有他跟著是很可靠沒錯……

「校長，那個……」

「人間小弟，你知道陸海空之中最快的移動方法是什麼揑？」

「咦？那是什麼意──呃，校長？」

校長對我露出微笑，身子一傾就往我身上倒。我不禁上前攙扶，發現他已失去意識。糟糕，搞不好又有緊急狀況了！怎麼辦！

「校長！校長振作一點！校長！」

毫無反應，就只是個──現在不是開這種玩笑的時候。校長昏倒以後肢體愈來愈硬，這樣下去很糟糕吧──

「人間小弟，冷靜一點揑！」

「啊？哪裡來的──」

「我在你頭上揑！」

「咦？」

我隨不知哪來的聲音抬頭看，見到一隻白色的小鳥飛在半空中。

這隻鳥──是總是停在校長肩上那隻鳥。

「難道──」

「嗯？你應該已經發現了吧，我才是本體揑！」

「鳥說話了————！！！！」

「啊，人間小弟，『校長的身體』隨便放著就行了揑。那是我最喜歡的揑！」

白鴉得意地說。

咦，仔細一看，好像比停在校長肩上時大了一點……

「人間小弟，幫我開窗戶揑。」

「咦？啊，好。」

不曉得該做些什麼的我只好先聽從白鴉——校長的指示。

替他開窗後回過頭，白鴉已經和我一般大了。

「咿！怎麼變這麼大！」

好強的壓迫感。鳥這麼大隻超可怕的。他再來要把我怎麼樣？

「脫離校長的軀殼以後，我就會變大揑。」

「這、這樣會不會太大……？」

離鴉遠得很，已經是鴕鳥尺寸了。

「大一點，帶你飛也比較方便揑！」

「咦？」

帶我飛？

「人間小弟！Let's go to 學生宿舍揑～～！」

「咦，等等，哇！」

我被跳到背後的白鴉緊緊抓住肩膀。

隨後身體輕飄飄地浮起。

難道這是——！

我還記得這種飄浮感，回想起去年和羽根田在樓頂上的那段回憶。當時最後是被她公主抱……這次就不一樣了。

兩隻腳一把抓在我肩膀上。

感覺十分不穩，連吐槽「鴉」學什麼「老鷹」的心力都沒有。

「來！直接飛到宿舍門口揑～～！」

「嘎啊啊啊啊啊啊啊啊啊啊啊！！！！！！」

我就這麼跟校長一起飛出窗口。

＊＊＊

超乎想像的狀況使我昏了又醒地飛了——應該說被抓了三十秒左右，我在宿舍門口發現根津。

根津好像沒注意到我們。

這也難怪，因為她始終面色鐵青地望著學校通往宿舍的路，不會想到我會從天上過來吧。我自己都沒想到了。而且恐怖得都快哭出來，呼吸變得好奇怪。全身分泌出奇怪的液體。

校長霍霍地振翅減速，根津也注意到聲響而抬頭，與我對上眼。

「老、老吱！萬智是真的很急耶，你在那裡玩什麼啾啊————！」

「不是啦，這超恐怖的好嗎！哇！」

校長把我重重放在地上，我沒能站穩，直接摔倒，西裝也因此沾滿灰塵。還好我沒有很怕髒。校長也在身邊落地。

「老吱，這隻鳥是誰啾！有夠大的啾！突變嗎啾！好恐怖啾！」

「萬智同學。」

「啾～～～！還、還會說話啾！好聰明……原來老吱會操縱鳥嗎啾？」

「不是啦，這位是……」

「我可是校長捏！」

「原來是校長嗎啾！」

根津往我瞥呀瞥地，很疑惑的樣子。我是很想解釋，但現在辦不太到。我的平衡感像是剛坐過雲霄飛車一樣混亂，頭暈眼花，光站著就很勉強了。

根津竊竊地靠近我問：

「老吱，校長是萬智知道的那個『捏捏校長』嗎？」

「妳給人家取綽號喔？」

她大概也偷偷給我取了一個。

「……那個，這才是我的本體捏。妳應該有看過捏。」

「咦！真的嗎？」

「我是沒有公布，但也沒有特別隱瞞捏，經常這樣到處飛捏。還以為這是每個學生都知道的事，看來也不是這樣捏？」

「萬智就不知道啾。就算你真的是校長，為什麼要特地變這樣——啊！該不會是千結有危險啾！」

「這還不知道捏，我們先到千結同學那捏。萬智同學，到我背上來捏！」

「知道了啾！」

「咦，那我呢……？」

「人間小弟跟剛才一樣抓過去就行了捏。」

「不要啦，太恐怖了……嗚啊啊啊啊啊啊啊啊！」

我們就這麼和校長一起飛向森林了。

＊＊＊

「天上是這種感覺啊啾……好棒啾。老吱，是吧！」

「咿咿咿咿咿……！」

「老吱怎麼那麼開心啾？」

「哪哪哪哪裡啊！」

「怎麼看都很開心啊啾——千結！」

「咦！哪裡？」

根津說笑的聲音忽然變得緊繃。我連影子都還沒見到，根津就發現千結了。

「在那棵樹上啾！」

哪棵樹啊。剛這麼想，就在校長的行進方向上一棵約十公尺高的樹上發現千結。她已經爬得很接近樹梢，抱著樹幹維持姿勢，不讓自己摔下去。

千結也注意到我們，淚汪汪地看過來。

「千結！」

「千結！萬智馬上來就妳，不要亂動啾！」

千結發著抖，對根津點頭。

「我們先落地捏！」

「校長！快點救千結啾！萬智什麼都願意做啾！拜託救救她啾！」

「這是當然的捏。」

校長降低高度，在千結所在的樹底下著地。「哇！」被扔到地上的我又沒站穩，摔個狗吃屎。

「萬智同學，妳要跟人間小弟在這裡等，還是跟我一起上去捏？」

「當然是要跟校長一起上去啾！」

「那好捏。為安全起見，人間小弟你在地上等，我跟萬智同學一起上去捏。」

校長揹起根津，再度展翅，隨著風聲飛上千結緊抓的樹幹位置。

原以為校長背上載不了兩個人，不過根津姊妹個頭都很嬌小，好像勉強擠得下。

校長八成也是這樣想才問她的吧。

「千結——！這邊啾！校長，再靠近一點啾！」

我在地面看著校長背上的根津拚命伸手。她探得那麼出去，害我心裡七上八下，怕她會先摔下來。

「萬、萬智……！」

千結的手也拚命往根津伸。校長也努力將他巨大的身體往千結的位置靠。

「千結！跳過來啾！我一定會接住妳啾！」
「咦咦！這樣好嗎！」
「沒問題啾！」
我對這大膽過頭的要求擔心得不得了，可是根津相信她會接住千結。
為防萬一，我先來到千結正下方。
面對根津的極力呼喚，千結也下定決心，閉上眼睛——往根津跳過去了！
颯地一聲，校長懸空的身體晃了一下——
「妳們還好嗎？」
從我這位置看不到上面的狀況。
應該是都在校長背上……
「——看吧，千結。萬智就說會穩穩接住啾。」
「哇啊啊啊啊！萬智——！」
空中傳來千結安心的哭聲。
「太好了捏。我要慢慢下去了，妳們都抓好捏！」
校長逐漸接近地面。看來千結平安獲救了。太好了……
「千結，不要那麼前面，靠萬智這邊比較安全啾。」
「萬智，這樣妳比較危險吧……？」
「根津，到落地之前都不能放鬆喔！」
「就是說捏。還很危險，不要亂動捏。」

兩人像腳踏車雙載一樣，千結靠校長頭部，根津靠尾羽這邊。

從翅膀根部再往前，的確比較容易摔下去，可是這樣一來……

「不用怕啾！萬智可是一路騎在校長背上過來的啾——啾？」

「萬智……！」

「根津……！」

在地上看著的我，忽然見到根津猛然一晃，差點從校長背上摔下來。校長也立刻調整重心，不讓她摔落。但由於千結也在背上，傾斜太多反而換千結有危險！

現在的高度大概是剛過五公尺，那麼——我往根津伸出雙手。

「根津！這邊！」

「……！老吱～！」

根津往我的聲音看來，像是看出我想做什麼，隨即採取護身的姿勢。

「人間小弟！千結同學我撐住，萬智同學就交給你捏……！」

千結仍緊緊抓在校長背上。太好了，我可沒有自信一次接兩個人。

校長在根津掉下去之前又降低了高度，離我的手大約剩兩公尺。這樣應該就不會有人受傷了——！

「呃啊！」

「——老吱？」

我「砰」地一聲接住根津，可是剛上三十的我身體比想像中還虛，軀幹和腰承受不住衝擊力道，整個人倒進樹叢裡。幸好是往後倒，根津沒事。

「老吱，你沒事嗎……？」

「沒、沒事……還可以……」

坐在我身上的根津擔心地窺視。

啊，有樹葉沾在頭髮上。

是怎樣……難道我今天有土難之相嗎？又摔又滾，弄得一身灰——現在還加上樹葉，與大自然融為一體。腰很痛，但沒有閃到的樣子，鬆了口氣。

校長和千結也都回到地面。

「人間小弟，不要硬爬起來揑。我等等請晴香來接你，現在先躺一下揑。」

「啊，知道了……」

正想起身就聽到校長這麼說。晴香——保健室老師烏丸晴香，是校長的女兒。話說根津要在我身上坐到什麼時候，該下來了吧。

「千結同學，幸好妳沒事揑！」

在我親近土地和青草時，千結從校長背上跳下來。

即使校長變成鳥，也看得出他在對千結微笑，滿有意思的。

「校長、萬智、人間老師……」

千結淚汪汪地交互看著我們三個，慌了手腳，不知該說些什麼的樣子。

「千結……」

根津輕快地站起。

總算是不壓著我了。本想說她兩句，但現在氣氛不合適。

「——千結，妳為什麼……為什麼跑來這種地方啊啾！」

根津突然大聲罵人，嚇得千結渾身一抖。

「一個人跑來這種地方！還做那麼危險的事情！要是校長和人間老師都不在，說不定就沒辦法找到妳了啾！」

「對、對不起……可是萬智……」

「給人家添那麼多麻煩……妳知道萬智……萬智有多擔心嗎……！」

堆在眼裡的淚水滾滾而落。

根津用力握住千結的手。

彷彿在確定她真的存在。

「嗚……哇啊啊啊啊！對不起、對不起啦，萬智！」

根津將哇哇大哭的千結緊擁入懷。

「……千結，要好好反省，跟大家道歉啾。」

千結不知哭訴著些什麼，根津抱著她，溫柔地摸摸她的背。

「──嗯？千結，妳拿著什麼？」

環抱根津的手上，抓著黃色的果實。

這該不會──

「嗚嗚……這是……」

根津也退開，查看千結手上的東西。

「這是……枇杷啾……？」

是黃澄澄的大枇杷，大概是正好吃的時候。

「唔……萬智好不容易升上高級班，每天都很努力……今天也在努力用功，所以千結覺得萬智回來以後有好吃的能吃會很開心，所以就……一個人……去找這個了，所以——」

「……是為了萬智？」

聽千結擦著眼淚解釋以後，根津的眼瞳似乎閃動了一下。她略低著頭，小聲低語：「這樣啊……」並面對千結——

「千結這麼賣力，都是為了萬智啊啾。」

「可是千結……唔！」

「千結。」

根津以溫柔眼神直視千結說道：

「謝謝妳啾——一個人爬到那麼高的地方，很恐怖吧啾。可是妳還是努力去摘，表示很勇敢啾。不過呢，大家也都很關心千結，看妳沒注意到危險，會很難過的啾。要是千結受傷了，萬智會傷心得不得了，在妳好起來以前再好吱的東西都不好吱了啾。所以——可以答應萬智，如果以後還要去摘，一定要找萬智一起去喔啾？」

千結帶著成串的淚珠大力點頭。

「很棒喔啾！千結就是千結啾！」

根津臉上完全是作姊姊的笑容。

「對不起……害萬智擔心了……」

「嗯。萬智也對不起，生那麼大的氣啾。」

「校長……人間老師……也對不起……」

「妳沒事就好揑！」

「看妳沒事，我就沒事了。」

沒出事真的太好了。

咕嚕～～～

突然間，一陣破壞氣氛的滑稽聲響從根津那傳來。

「啾～～一放心肚子就餓了啾～～」

「根津……原本還很帥……」

形象全毀了。可是看根津這樣反而令人安心。

「萬智，我們回宿舍一起吃這個！」

「好哇啾！枇杷啊啾……好！做成果凍看看啾！請寮子阿姨教我們做啾！」

「好的！」

「老吱～！」

根津這一喊使我和校長互看起來。

叫誰啊（註：在日本，稱呼校長時通常也會加「老師」）？

根津也注意到沒說清楚，趕緊改口。

「校長！人間老師！」

接著將千結採的枇杷捧到我們面前。

「老吱！枇杷果凍做好以後也會分給你們吱啾！今天……很謝謝你們，也很不好意思啾！萬智不止想說出難過的感受，也想說出開心的感受啾！」

根津說得有點害羞，看起來比平常更可愛。

千結也在根津身邊用力點頭。

「萬智同學，謝謝妳捏。好想趕快吃吃看捏！」

校長也笑咪咪地回答根津。

「……人間老吱呢？」

根津不安地窺視我的臉色。

開心的感受……這樣啊，不會只想宣洩痛苦——真像根津。她就是這樣在我身邊保持笑容的吧。

我的回答，只有一個。

「謝謝，我也很期待。」

根津的表情一下子亮了起來。

「萬智一定會做得很好吱的啾——！」

「千結也會努力幫忙！」

兩人樂得蹦蹦跳著討論接下來的事，感覺今天晚上就會一起做出什麼。

即使進入夏天，森林裡的空氣還是有點涼。

既然根津姊妹要做清爽的枇杷果凍，就拿點家裡寄來的好茶來配吧。

厭世教師與明月的去向

MISANTHROPIC TEACHER IN DEMI-HUMAN CLASSROOM.

蟬聲乍響。

我在下課時間穿過走廊，往下一節授課的教室去，途中不經意望向窗外。天空晴朗得不得了，一片雲都沒有，大方抹滿了清新的藍。

森林裡的學校與大自然十分親近，更容易感受到季節的變化。這說不定是今年聽到的第一道蟬鳴。

事情就是發生在這樣的六月上旬。

「那、那個……老師……！」

狼人少女尾尾守一咲叫住我。

「就、就是……我想跟老師談一下，或者說報告出路的事……呃……」

「喔好，知道了。今天放學以後怎麼樣？」

我的回答使尾尾守露出放心的笑容說：「好……！再麻煩老師了！」接著恭敬鞠躬，返回教室。

尾尾守的出路志願。

四月的自我介紹上，她說成為人類以後的目標是「還在想」。

當時我姑且以夏天為期，請她好好考慮，不知現在是怎麼想呢。

＊＊＊

「我們兩個想成為個別的人類。」

放學後，尾尾守一咲頭一句話就如此開門見山地說。

表情頗為用力，透露出她的緊張與決心。

「——這樣啊。不是要成為一個人，而是成為兩個人類個別生活是吧？」

狼人，尾尾守一咲。

進入這所學校前，她已經擁有只在滿月會變成人類的特異體質，同時人格也會改變。狼形一咲個性內向文靜，人形一咲活潑外放。原先的目標是「讓人格成為一個」，可是……

老實說，聽到她想把兩個尾尾守都留下來，我也鬆了口氣。

——喔不，等等？

「想成為個別人類，就是說……現在『一個身體有兩個人格的妳』，要變成一個人格一個身體……這樣想對嗎？」

「沒、沒錯……」

「……這是可能的嗎？」

「其實啊！我在入學時有跟理事長問過很多事，想要一個人格一個身體似乎是可能的……！」

「真的假的……」

理事長好猛啊，根本無所不能嘛？那一開始就這樣不就好了……啊，可是——

「妳一開始覺得不應該這樣？」

「對……因為有一個跟自己很像的人，感覺好像不太舒服……」

啊，變身怪那樣的感覺？

「原來如此……」

如果是我……或許不至於不舒服，但實際上誰也說不準。應該跟同卵雙胞胎很類似吧……不過這不是一出生就在一起，另當別論。

「可是跟一咲談過之後，她覺得分開也不錯……所以我想跟一咲分別變成不同的人類……唔！」

尾尾守的手在胸前緊握得發抖，可見是經過多次猶豫才做出的決定。

「好，知道了。那我會去跟校長和理事長談談看。」

「謝謝老師……！」

大概是真的放下極大的憂慮，尾尾守綻放的笑容帶了點淚光。

太好了，另一個尾尾守一定也很高興。

「那麼，妳成為人類以後打算做什麼？之前是想上私立的文科大學嘛，現在還是嗎？那另一個尾尾守以後——」

「……呼咦？」

突來的錯愕反應使我從手上的資料抬起頭，望向尾尾守。只見她原本輕鬆的表情愈來愈鐵青。

啊，該不會是——

「怎麼辦，老師……我沒想到那麼多……！」

＊＊＊

——尾尾守說，她對於出路都只是挑一個感覺可以的而已。也就是成為人類再說的態度。
說實在的，普通人上的學校裡也有不少姑且找個學校念，延長觀望期的人，沒什麼對錯可言啦……
「老師！既然情況特殊，我想好好考慮一下自己以後要怎麼走再說……！」
哇喔，鬥志燒得好旺。
平時文弱的尾尾守難得用這麼強的語氣，幹勁十足。
看來她是要從今後想學習的事物、想做的事開始找起。
一關過去，一關又來。
就這樣，尾尾守一㕶要重新尋找成為人類後的方向。

＊＊＊

隔天放學後。
我再度和尾尾守談起這件事。
「啊嗚嗚嗚……老師……我好像真的很沒用……真的不曉得該怎麼辦啦……」
「哦，臨時想這個也不是那麼好想的啦。」
「嗚嗚……」
雖然有點對不起尾尾守，不過看她沮喪下垂的耳朵動來動去，反而為我的心靈帶來了點滋潤。
「但我還是很努力地把大家的出路問過一遍了。」

「喔，這樣啊！不錯喔。」

「然後——」

「右左美將來想當醫生啦，所以要考醫學系啦！可是右左美的學力還差得很遠……所以要更努力更努力用功啦！」

「嗯～我想上音樂大學，往作曲方向走吧～？把零變成一是很好玩的喔。」

「出路啾？一開始想走烹飪路線，不過萬智一定抗拒不了本能就放棄了啾。所以萬智要在食品科學的領域研究什麼叫美味，對飲食文化作出貢獻啾！」

「呃……想、想當新娘子……？大概吧？咦！不是說那種事嗎……！咳咳，那我要上能研究世界史的大學！我對人類在我還是龍的時候做了什麼很感興趣。而且……呃，零老師也是社會科的嘛……？」

「呼嚕……」

「——大家都對自己的出路很有想法的樣子耶……！」

黑澤到底有沒有在想呢……

「啊嗚嗚……我真的有想做的事嗎……成為人類是想做什麼呢……我都不像其他人那樣特別喜歡什麼或擅長什麼，也沒有什麼志向……」

「一般人都是這樣啊。」

「咦……？」

「我讀高中的時候，也是不太能決定未來怎麼走……可是我爸是老師。我當老師不是因為父親的影響什麼的，就只是因為有這樣的背景，不知不覺就進了教育科系，不知不覺拿到教育證照，一直到現在這樣。」

「教育證照是可以不知不覺就拿到的東西嗎？」

哎喲，很會問喔。我當然是念得拚死拚活，或者說是被學校逼著念才考到的，不過這樣就扯遠了，請恕我割愛。

「總而言之！我想說的是，思考是很重要沒錯，但也沒必要硬逼自己下決定。」

尤其是尾尾守這樣的人，想太多反而很可能使得視野變得太狹隘。

「嗚嗚……說得也是……凡事不可以操之過急……謝謝老師，我現在比較平靜了……唉……」

我該不會害她平靜到冷掉了吧……嗯……也不是不懂她在急什麼啦。

「不曉得一咲怎麼想……」

「咦？」

「啊，不好意思，我在自言自語……」

這脫口而出的呢喃，倒也不完全是自言自語。尾尾守也很想和自己心中的另一個她談談吧，可是對方只會在滿月之夜現身，只能耐心等候。也就是下週。

「好想見見一咲啊……」

但話說回來，那天只會見到滿月的尾尾守，無法直接見到現在的尾尾守……一這麼想，心裡就酸酸的。最想見辣妹尾尾守的，說不定就是眼前這個尾尾守。

這天我們到這裡就解散了。

在下次滿月之前這段日子，尾尾守都有點魂不守舍。

＊＊＊

六月的滿月又稱草莓月。晨間新聞的女主播說的。

今天，是辣妹尾尾守來上學的日子。

我在通往教室的走廊上，想起日前與尾尾守談未來出路的事。

得和今天的尾尾守好好談談目標和將來才行……可是該怎麼開口呢……嗯……先約放學以後——

「老師早——！欸～！妳跟小一咲講了很多出路的事嘛？沒錯喔！一咲要變成兩個人喔！是不是超讚的！然後啊，一咲以後想做美容相關的工作！」

「哇啊！爆速解決！」

今天想問的事，早上打個招呼就全部結束啦——！

「啊？什麼？」

「啊，沒事，別在意……」

嚇得喊出心裡話了……

「嗯～？隨便啦。話說，小一咲她啊，在交換日記上寫了很多出路的事～可愛死我啦！不過她好像非常迷惘的樣子耶。啊，一咲的出路啊～除了本來就有興趣之外～之前不是有幫過一下花梨梨嗎？是四月的時候吧？為了老師忙東忙西的。那時候，我發現自己真的很喜歡把人打扮得很可愛，想幫助更多的人，所以就決定了！一咲以後就是要往那條路走！」

笑嘻嘻地比V字手勢的尾尾守不僅對出路沒有任何迷惘，還滿懷希望，要為喜好勇往直前的樣子。

「好，我知道了。」

「知道就好！謝啦，老師！小一咲的事交給老師應該沒問題吧？」

「這個嘛……我會盡可能去幫她。」

「哼哼，那就好！話說小一咲說她沒有特別喜歡或擅長什麼，也沒有什麼目標，可是一咲覺得不是那樣喔！」

「嗯？那在妳看來的『小一咲』是什麼樣的印象？」

「小一咲非常溫柔體貼喔！而且個性老實，做事又認真！一咲最喜歡這樣的小一咲了～！啊，對了老師知道嗎？一咲能自由活動的時間不多嘛，所以小一咲會幫忙整理最近流行什麼給一咲喔！你看！都寫在筆記本上了！節省超多時間的～！而且小一咲為了一咲這麼用心，超感動的啦！一咲也好想做點事回報她喔……小一咲這種可以用心對待人的地方真的好棒喔！一咲都想向她看齊了！小一咲的優點就在這裡！怎麼說呢～比起她實際給的東西，關心一咲的部分才最讓人開心！一咲覺得啊，小一咲不只是關心一咲，她對周圍的一切也很注重喔。而且平常都是這樣，真的超棒的，愛了啦！——好！想對老師說的話感覺都說完了！掰啦，老師，一咲也很期待小一咲怎麼選喔！」

尾尾守暢述其懷之後就跑走了……真是個龍捲風一樣的辣妹……

她往教室的方向跑去，是特地出來找我的吧。

原來是這樣……平時的尾尾守算起來是輔助型，很為他人著想啊……的確，她平時有很多自然的體貼之舉，像是話題扯遠就幫忙拉回來之類的。

啊，我也該多多向她看齊呢……

之後，我在教室再向尾尾守多了解一點所謂的美容路線。

具體而言就是想要念專門培訓美容師的學校。「另外，我也想考美甲師和服飾方面的證照！」談起志向的尾尾守對未來充滿希望，我也希望她能儘快實現夢想。

＊＊＊

隔天，滿月的下一天。

「那個，老師……」

「嗯？怎樣？」

平時那個綁辮子的尾尾守在上午來到教職員辦公室。做什麼呢？

「就是，關於一咲昨天講的事……」

喔，出路的事嗎？

「喔，好的？那這裡不方便，我們換個地方——」

「哇哇！不用，不需要麻煩老師！很快就能講完，在這裡就可以了……唔！」

「這、這樣啊？」

「對……」

被她反過來顧慮我了嗎？尾尾守稍微深呼吸，說道：

「聽說昨天一咲跟老師說的事以後……我也決定好出路了，所以來跟老師報告——我，要繼續報考私立的文科大學，不過不是先進去再說而已。我想念文學系，透過人類用文字留下的生命軌跡，來學習人類的溝通方式。因為用文字溝通，就跟我現在和一咲做的一樣。」

接著尾尾守又靦腆地說：「小一咲她、小一咲她一直誇我，好害羞喔。」

她真的誇個不停呢。還以為是在曬恩愛呢。

「老實說，我在文學系和社會福利學系之間猶豫了很久。不過我覺得，一咲對我的印象，就是我的想法正確傳達給她知道以後的結果……所以那個，雖然這和一咲對我的誇獎有點不太一樣……這仍是我的選擇。」

尾尾守說完害羞地笑了笑，小小地比個V字手勢。

和昨天的尾尾守一樣，卻又不同的手勢。

「嗯，知道了。我也覺得這個方向的確很適合妳。」

「欸嘿嘿……謝謝老師。」

報告完之後，尾尾守表情清爽，似乎比平時多了點自信。

尾尾守藉由心中的另一個自己找到了新的路線。

與我們人類同樣的生活，將在畢業之後等著她們。

為了在那之中生存下去，相信她們此後也會懷著迷惘不停前進吧。

非人學生與
厭世教師

人間老師，可以替我們找出希望嗎……？

厭世教師與林中暑假

MISANTHROPIC TEACHER IN DEMI-HUMAN CLASSROOM.

那地方不存在於地圖之上。

經過極其細心的保護，不讓任何人發現。

那是一切的起點。

＊＊＊

明天開始放暑假！

結業式也結束了，再來剩班會而已。

我滿腦子都是接下來的排程。遊戲廠商大概也知道消費者在暑假的需求，推出了企盼已久的生存遊戲續集。玩家要自給自足、擴大基地、製造武器、馴養巨型野生動物……新增部分，有更多的角色創建選項，更多的道具，地圖也擴大很多。哎呀，很懂玩家想要什麼呢！

「老吱！」

「哇！怎麼，根津啊……突然找我做什麼……」

回高級班教室的路上，根津從背後叫住我。

「老吱，萬智從以前就一直很想在高年級的暑假裡做一件事啾！」

「是、是喔……？」

繞到我面前來的根津兩眼閃閃發亮。

特地找我說這種事，是為了……？

「所以說——」

啊，有種不好的預感。

「萬智想請老吱帶一下啾～～！」

我就知道～～～～～！

去年就到結界外的河邊了……

老實說有夠麻煩，又很熱。可是去年都答應，今年就很難拒絕……該怎麼辦才好……

「……可以先說妳要做什麼嗎？」

幾番糾結之後，我才想到自己還沒問根津要做什麼。說不定會比去年輕鬆。

「我想跟高級班同學一起到森林裡露營，吃烤肉！」

這絕對比去年還辛苦～～～～！

我很清楚，在這種時候各種苦差事都會落到男性頭上。

……不過其實，即使她們不開口，在那種場合就是會想幫忙，所以還好。但如果沒有這個必要，我自然是能免則免。累死人了……

「老吱？」

眼前根津歪頭看著重新認識自身渣性的我。

「啊、啊啊，那妳先去問問看其他人好不好？就是露營和烤肉那些。」

「嗯嗯！也對！謝謝老吱～！」

根津就此超過我，先往教室跑去。

啊，忘記叫她別在走廊上奔跑。

露營和烤肉啊……

不知道個性多樣的高級班學生會怎麼想。

羽根田一定會積極參與，尾尾守和龍崎好像會聽她的主意，黑澤和右左美就會嫌麻煩了。

＊＊＊

「太好了，全部都要去。」

「啾～～！是萬智的福報嗎啾！」

「不要亂想啦。右左美是因為帷答應一起念書才去的。」

「啾！還有這種事啾！」

「我呢……那個，因為零老師要去？」

「要再接再厲喔！花梨梨！」

八月十二日。

立秋已過，殘暑還很毒的時期。

我和高級班全體學生站在學生宿舍前。

「呀哈哈！老師，你真的很懶耶，笑死我了！」

「尾尾守……今天滿月啊……」

一個月不見的辣妹又來到。尾尾守大露玉臍，一副要去度假的打扮。

「話說大家都穿得好可愛喔——！欸～一咲也好想再看看大家穿什麼喔！」

畢竟是暑假，包含我在內，所有人都是休閒服，感覺很新鮮。

「右小美～～！白色荷葉邊上衣超清純的啦！而且還遵守TPO穿搭原則，挑選方便活動的短褲和帆布鞋，太神了吧！小萬跟吊帶褲是宇宙第一搭！野得剛剛好，超讚！小帷的運動風穿搭我也很喜歡！大尺碼T恤反而很少女，有反差萌的感覺！花梨梨這邊呢，棉布格紋根本就是夏天的主角呢～！超棒！蝴蝶結跟蕾絲這麼多，會不會太可愛？露肚臍多了點性感，很讚喔～！和一咲整個就是一對嘛！下次來個雙胞胎風吧！寧寧喵也是連身裙啊～！跟小外套是一套的？陽傘也是黑色系的綺麗風耶！薄紗的透明感有妖精的感覺，太可愛了！」

尾尾守劈里啪啦把所有人誇過一遍。她真的很喜歡時尚……那方面的事呢。

「老師就……呃，再買好一點的來穿吧？T恤配牛仔褲是無所謂啦，可是會不會太單調？再多加點玩心比較好喔～！例如換個花俏一點的襯衫……最近流行鮮豔的圖案，很可愛喔！然後再對褲子的顏色注重一點之類的。老師其實還滿高的，底子不算糟，只要好好打磨就會發亮！啊，說不定很適合多加一點首飾喔～？」

「戴一點銀手環比較好嗎？」

「會不會太重？我是說可愛的男性項鍊那種的！」

「這樣喔……」

反射性地回答卻得到認真回覆，害我接不下去。阿宅的缺點跑出來了……

「——好，既然都到齊了，我們就出發吧。」

「啾～～！好期待啾！」

羽根田一聲令下，我們便往森林中的目的地前進。第一次走這條很像動物在走的路，但還算是路。目的地是介於學生宿舍和溫泉中間偏東南的一個小型開闊處。羽根田說的，應該不會錯。帶路的工作也是交給羽根田，我殿後以免有人走散。

話說這次沒離開結界，不必申請戒指，輕鬆很多。不需要那麼緊張。去年要出結界，就得時時注意戒指在不在呢……

過了一年，當時一起玩的水月已經畢業，完全以人類身分過全新生活。

今年也會有人離開嗎？

一這麼想，就有點感傷。

＊＊＊

我有個夢想。

想躺在吊床上搖晃。

「這、這不是……！」

「……呼喵……呼嚕……」

「我帶吊床來了，想說會比較有氣氛一點。」

尾尾守、龍崎和我負責搭帳篷，根津和右左美準備食材，羽根田則是和黑澤在樹邊不曉得做什麼，結果——

「……不錯睡。」

「是喔？那就好～」

黑澤窩在裡頭邊晃邊睡，看得我有點羨慕。喔不，是非常羨慕，超級羨慕。我也好想試試看。

「咦～哇賽！我是第一次看到吊床耶！感覺好好玩喔～！等一下一咲也要躺～！」

「………呼嚕。」

吊床都快變成黑澤的寶座了。尾尾守這麼吵也睡得著，真夠厲害……也是啦，吊床是架在一片頗大的樹蔭下，的確像是能睡得很舒服。

「然後呢～烤肉爐和柴都準備好嘍～」

「謝謝。這邊帳篷也搭好了。」

總共是學生用的大型家庭號帳篷，和我自己的單人帳篷兩個。我這個小的是攤開就好的簡易型，大的就是標準結構，組起來很累。要穿骨架，在地面打帳篷釘固定起來——至於大家應該都是露營新手，尾尾守和龍崎的手腳卻比我俐落很多，心裡五味雜陳的事，就保密吧。遊戲裡一個指令就辦得到的事，為什麼現實不行……！

「喂——！人間——！有空就來幫忙煮飯啦——！」

背後傳來嘹亮的聲音。

「右左美——呃，菜刀不要指著人啦！」

「少廢話！快點過來啦！」

「戀愛（註：日文的「戀愛」與「來」的使役形同音）？」

「總覺得很火大，花梨也來幫忙啦！」

「咦咦！既然有零老師在，那好吧！」

龍崎……怎麼自己衝過來吃流彈啊……

「真是的……事情還沒做完，不要混啦！」

「對不起喔～右左美。需要我幫什麼嗎～？」

「帷可以先去煮飯啦。」

「ＯＫ～」

「一咲也要幫忙煮飯～！」

尾尾守也跟隨羽根田準備午餐。

切著玉米的右左美身旁，是切洋蔥切到痛哭流涕的根津。

「啾～～～～！可惡的洋蔥！不要以為自己跟什麼都搭！從配角到主角都扛得起就這麼囂張喔～～！啾～～～！」

加油啊，根津！別認輸，根津！妳期盼的烤肉就在眼前了。

＊＊＊

「噗哈～～！好好吱啾～～～～！」

根津坐在吊床上，豪放地在肚子上用力一拍，簡直跟賴在居酒屋不走的阿伯沒兩樣。很想遞根牙籤給她，不過這還是留在我的想像裡就好。

「小萬～！恭喜妳喔！謝謝妳的這個提議！一咲也超開心的！」

尾尾守往吃飽發懶的根津一把抱上去。尾尾守在高級班個子最高，根津最矮，簡直像是將她整個包起來。

「一俏！呵呵呵……其實好玩的還沒結束啾！鏘～！烤肉就是要用這個收尾啾！棉花糖啾～！」

「真假——！太棒了吧——！」

哪來的棉花糖啊！先前完全沒看到喔！

「零老師，怎麼啦！該不會是怕吃棉花糖吧？」

「不是啦，怎麼會有那種事！」

「老師，趕快過來烤棉花糖，夾餅乾吃吧～」

「哇，這肯定沒有不好吃的道理。」

光想就流口水了。右左美、黑澤和根津已經先一步開烤，烤得香味四溢。啊啊～～焦糖的香味讓我的腦袋都恍惚起來了～～炭火又是另一番風味呢～～哇～～棉花糖哪來的完全不重要了～～

「呀哈哈！老師表情好痴呆，笑死～！來拍一張！」

「……啊！」

喀嚓！手機快門聲使飄飄然的我猛然回神。

尾尾守今天一直拿著手機拍個不停。

「拍那幹什麼啦。」

「咦～？這也是回憶呀？而且要給小一咲看嘛！」

此話一出，我就拿她沒轍了。呃不是，她也看到了吧。不過同樣的景物，看在一咲和「一咲」眼裡的感受又會不同。

「欸，吃完後休息一下，然後去泡溫泉怎麼樣？女浴池只開到晚上九點，不趕快去就沒得泡嘍～」

「哇！一咲還沒跟大家泡過溫泉耶，好期待喔！那我可以性騷擾妳到哪裡？」

「一本正經地講什麼鬼話啾？」

「話說，花梨梨胸部好大喔！」

「喂，妳們是忘了我的存在嗎？那種話到溫泉裡再說。」

如果平常在教室，我已經悄悄走開了，可是森林裡無路可逃。

「好啦……呀哈！這對老師刺激太強了吧！」

「耶～老師是悶聲色狼～」

「羽根田少起鬨。」

「呀哈哈！害羞了～！笑死～！」

「零老師……感覺好可愛喔……這部分我也喜歡……！」

「唉……妳們真無聊啦。」

「呼嚕……」

「少廢話！要泡趕快去泡！」

純情遭人玩弄，有種被欺負的感覺。或許會有人覺得都這把年紀還談什麼純情，可是我還是有點，那個……想保有夢想。

「老～吱！」

根津笑咪咪地湊過來。

那聖母般的微笑……她該不會是明白我的心情——

「遜咖才悶騷喔啾？」

我差點給她巴下去。

＊＊＊

溫泉，那是深山裡的烏托邦！

這所學校的溫泉是分男女時段，男性晚上十點～早上六點，女性早上七點～晚上九點。前後間隔的兩個小時，會有打工的學生來打掃。

我還沒泡過這個溫泉呢！搬進職員宿舍後，一直想來泡一次，但由於位置微妙就一拖再拖。學生們前不久過去了。

天色漸暗，讓人有點擔心，不過……既然有羽根田在，應該沒問題吧。

無論如何，現在終於有機會泡泡從求職網站上看到時就好奇到現在的溫泉，實在教人高興。尾尾守的性騷擾宣言我看也只是遮羞，不會真的動手吧。不知道她們泡得開不開心。我要來醞釀情緒了！

＊＊＊

「嗚嘿嘿嘿～～！花梨梨！我可以捧一下妳的胸部嗎？」

「一咲……妳這樣好噁心啦……」

「咦～看到這麼大的當然會興奮啊！」

「哎呀？我倒是無所謂喔？」

「好耶～！謝謝花梨梨！作為回禮，一咲的胸部也給妳揉！」

「說什麼蠢話啦……」

「謝謝喔，一咲！」

「謝什麼謝啊！」

「好……那一咲就不囉唆，趕快開摸……哇，好重！」

「就是說啊……平常是不怎麼在意，可是泡澡不是會浮起來嗎？這種時候就會注意到它很重。」

「真辛苦啦。」

「小彗就很輕鬆，真好。」

「想打架嗎？」

高級班學生溫泉篇。

我側眼看著一咲光明正大性騷擾，並悠哉地泡在溫泉裡。

這是我這個理事長因個人興趣蓋出來的。

沒有遮蓋，往夜空望去就能清楚看見我所到訪過的星星。

蓋溫泉就是為了能夠這樣放鬆。

雖然現在有點吵，偶爾這樣也不錯。

萬智在沖洗區清洗身體，一咲和花梨……在揉彼此的胸部。這是在搞什麼啊。從聽見的對話片段來看，她們像是在談論觸感、形狀跟大小。我心中曾閃過加入的念頭，可是現在沒那心情，旁觀就夠了。

加上右左美在一旁不敢恭維的樣子，這畫面實在很有趣。對了，寧寧子呢——啊，她在角落，只有兩隻腳稍微泡進水裡。於是我向她走去。

「寧寧子，妳不泡嗎？」
「……不泡，我討厭水。」
「咦～很舒服的喔～」
「……濕答答不舒服。」
「不過妳還是想待在這裡？」
「……」
這會是默認嗎？
「那小心不要著涼喔。」
「知道了。」
我說完就回到原位去。
寧寧子這孩子看似冷淡，還是會參與我們的活動。
像今天，我真的沒想到她也會來露營，而且事前的申請手續也都是她辦的。不愧是成績與右左美相當的孩子，我申請書還故意設定得相當難呢。由於這樣的背景，即使今天大家忙著準備時她一個人在睡覺，也沒有人想說什麼。說不定寧寧子也在努力融入班級呢。
「右久美～～！來跟萬智去三溫暖比誰更耐熱啾～～！」
沖完水而渾身亮晶晶的萬智纏上右左美。常有的事。我用關愛的眼神看著她們。
「右左美才不想做那麼無聊的事啦。」
「哼哼～？萬智看妳是怕輸吧～～？噗噗～！」
「萬智的挑釁也很無聊啦。小孩子才這樣啦。」

「還沒比～就怕～了♪不～敢比的右久美♪比小孩子還遜♪」

「什————唔！！唱那什麼誹謗歌啊！太差勁啦！」

「不高興就來比耐熱啾！」

「要比就來啦！」

哎呀呀，右左美……這麼容易就被萬智利用好勝心騙到手啦……右左美就是這點容易利用。

接著，我再度仰望夜空。

老師，現在在做什麼呢？

＊＊＊

當吵鬧的學生睡去，我也獲得了安寧。

從溫泉回來以後，她們都是快累趴了的樣子。

右左美和根津似乎在三溫暖比過頭。八成是右左美著了根津的道。雖然最後是右左美靠毅力獲勝，但這其實很危險，希望她以後不要再拿出這種毅力。

後來是尾尾守和龍崎揹她們回帳篷。黑澤似乎不太喜歡溫泉，臉色比平時差了一點，一回來就直接進帳篷。羽根田給右左美和根津餵了很多水，並守在她們身邊。由於我不能進學生的帳篷，她真是幫了大忙。

經過如此小插曲後——時間來到深夜。

我終於得償所願泡到溫泉，好好消除疲勞。然而大概是糜爛生活打亂了生理時鐘，睡不太著，於是溜出帳篷偷偷躺在吊床上。

吊床以一定節奏搖晃，令人感到安心。

直接在這裡睡覺會不會感冒啊。不過好想一直留在這裡喔。

我就此望著沒有一片雲的夜空。

那些星星上會有生命嗎——啊，我現在超中二的。突然覺得很難為情，不禁莞爾。

不是長大以後就每件事都好啊。

視野是變寬了，可是會連不需要看的都看見。

這一路上，有很多不知道會比較幸福的事。

——啊，有流星。

一道光芒撫過夜空。

我是從什麼時候開始不再許願的呢？

實際的星空比想像中更高、更遠。

從什麼時候——開始認為願望不會實現呢？

即使始終明白自己的手碰不到星星。

「——老師，還沒睡啊？」

「羽根田？」

羽根田不知何時站在我的身邊。

大概是刻意換了衣服，還是白天那件。

「我才想問妳咧，還以為大家都睡著了……」

「大家都睡著嘍，萬智還在夢裡不曉得吃什麼呢。」

啊啊……實在很容易想像……不過這表示她沒熱壞，我也就放心了。

「我想去一個地方——老師，要陪我來嗎？」

「可以嗎？」

「可以呀。這邊，跟我來。」

完全想不到她要去哪。見到她轉身就走，我也抱起冒險的心情跟上。

羽根田走的方向連獸徑都沒有，完全是森林。與我們的來時的方向，宿舍和溫泉的方向相反，更往東南方去。即使有滿月的光輝，全無人工照明的森林還是有點陰森，讓人不由得害怕起來。

「——呃啊！」

突然有個東西撞上額頭。

「啊，抱歉。忘記老師比較高，會撞到樹枝。抱歉喔，沒提醒你。沒事吧？」

樹枝？樹枝啊……我也沒注意到……

「我、我沒事……謝謝妳回頭擔心……」

我完全不習慣在森林中走動，不知道該注意些什麼……總之先專心注意前方吧……

如此走了一段時間後，前方出現建築物。

「——神社？」

那是一座頗為古老的木造神社，屋頂蓋滿植物，卻沒有腐朽。

似乎有人定期維護，使它存續至今。

「這裡啊，是我們學校的起點喔。」

走在前頭的羽根田向我轉身。

夜風吹起，森林與之呼應般沙沙作響。

「學校的起點……？」

「對。起初啊，我是用四郎的神社當學校。」

四郎的神社？也就是說，這裡是祭祀鴉天狗的神社……？

「好懷念喔──一開始是樹的妖精說想成為人類，我什麼都沒多想就把她變成人類，送進人類社會裡，結果好像不太順利。」

羽根田坐在通往正殿的階梯上講起從前。眼睛望著遙遠的過去，表情透露那是段寶貴的回憶。

「我那時真的不懂為什麼會不順利──仔細聽那個樹精說過以後，原來是她不了解人類的禮儀和文化。所以我就想，以後替他們做好準備再讓他們成為人類就行了。」

羽根田倚靠階梯扶手，抬起頭，牽動我的視線。

「這所學校就是從那一刻開始的。」

「……那個妖精後來怎麼了？」

「最後還是無法融入人類，不過她還在學校裡……記得那棵櫻花樹嗎？」

櫻花樹。我去年天天都會在結界邊緣見到一棵，難道──

「『小櫻』她啊，是因為照顧她的貴族去世了，留下一個獨子，所以想成為人類照顧他。」

那棵樹也曾經想成為人類啊。第一次見到時，覺得它有種不可思議的力量，還以為是因為生長在結界邊緣的緣故。

「老師，你有發現嗎？這裡是結界的中心點喔，也就是建立這所學校的核心。」

「核心……」

「對，所以我會定期來看情況。說是看情況，其實也沒什麼好做的啦，就只是回想初衷而已～」

「這裡不會被學生發現嗎？」

含之前千結那件事在內，還滿常有學生到森林裡探險的樣子。

「不會喔。平常有雙重結界，不會被人發現，今天是我來才開放的。讓學生亂碰也不好，會對她們造成影響吧。」

「啊，是這種考量啊？」

「咦？不然你以為是結界還是神社會怎樣嗎？這可是由我直接嚴密保護喔，當然沒問題啊？不過呢……如果力量強到能得到我的認同，或許就沒問題了。嗯～花梨算是在及格邊緣吧？」

「原來如此，聽不懂。」

力量是什麼意思，完全不曉得她是以什麼為基準。再說——

「我進來沒關係嗎……？」

就剛才那些聽起來，這裡好像是個相當危險的地方？像我這樣的普通人好像根本不該來到這裡……

「有我在就沒關係。」

羽根田說得像是沒什麼大不了。

表現出絕對的自信。

掌管這學校一切事物的理事長說一不二。

「不知道為什麼，我就是很想讓你知道這裡的事。」

羽根田說完站起來，用學生的臉微笑。

「謝謝喔！陪我聊以前的事。再給你看個好東西。」
只見她豎起食指指向天空，然後又往地面一指——
「——啊。」
是流星。
難道我在吊床上看到的流星也是她……？
「老師，你有許願嗎？」
「許願……？」
又不會實現。
可是羽根田卻說：
「就是許願啊。我許的是希望你可以實現願望喔。」
這句老掉牙泡妞金句般的話，卻直接打響我的心。
羽根田替我許願。
我的願望——
「希望能重新喜歡人類」，可笑到不敢說的願望。
我碰不到星星。
可是羽根田不一樣。
不死鳥應該連星星都飛得上去吧。
我的願望，不是我自己所能實現。
不過——如果我不是一個人，有羽根田作伴，或許就可以實現。

Phoenix

厭世教師與安寧魔法

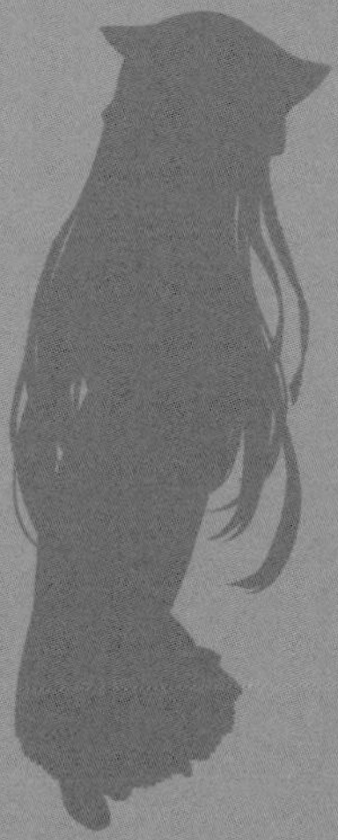

MISANTHROPIC TEACHER IN DEMI-HUMAN CLASSROOM.

愛麗絲今天又整天窩在床上。

為了讓她多理我一點，我跳上床。

結果她凹凸有致的身材翻過來，富有彈性的肌膚撞上我。愛麗絲是用魔法的力量保持年輕，實際年齡比外觀年長許多。

她總是戴著大大的黑帽子，穿黑漆漆的衣服，成日遊手好閒，在床上也照樣吃著餅乾。

「啊～～有沒有好玩的事啊～～」

她在我頭頂上邊吃餅乾邊說話，害得餅乾屑一直掉到我頭上。

我擦著頭，輕輕喵一聲表示同意。

「嗯？妳也這麼想啊？」

對，我也跟她過了好多年這種生活，實在是閒得可以。

愛麗絲是女巫，在幾百年前還很認真地鑽研魔法，可是現在好像已經無所不知。最近都在玩人類製造的娛樂，可是幾年下來還是漸漸膩了。

「啊，我突然想到。」

愛麗絲站起來——正確來說是用魔法飄浮並直立身體，前往房間角落的羊皮紙堆。

「前陣子——我聽說那孩子開始做一些好玩的事……」

那孩子？

好久沒聽她提起我以外的生物。

愛麗絲在羊皮紙堆中一陣翻找，抽出一張筆記。

「是這張吧？啊……就是這個！」

上面寫著陌生的文字。

那是——日文？

「欸，妳要不要去這裡看看？」

＊＊＊

星期一的早晨總是憂鬱。

而且今天天氣很不乾脆，陰陰地要下不下，平添憂鬱指數。而且沒想到現在才九月底就開始冷了，有點後悔出門時沒多加件外套。其實昨天FPS遊戲戰績不理想，說不定才是情緒低落的主因。我看那家伙一定有作弊……竟敢來褻瀆我們的聖地……絕對不放過他……

「零老師！早安呀！今天我也喜歡你！」

「啊！龍崎，早安。」

在心中開抱怨大會到一半，後頭忽然傳來學生活潑的聲音，我便將腦袋切成工作模式。

「零老師我問你喔，你星期日有在看晨間節目嗎？」

「星期日的啊～有一段時間追過，現在不太清楚呢。」

「這樣啊！跟你說，現在的戰隊英雄很有哏很好玩喔！大概是零老師也會喜歡的類型！不過因為學校要先審過，會比外面的世界晚一星期……」

對喔，理事長會過濾學生接觸的媒體。或許是有點不方便。

「還有啊，後面的少女動畫檔很熱血，也不錯看呢！賣點是肉搏喔？很新鮮吧！」

「少女動畫賣肉搏戰啊……」

血氣會不會太多了點。原來最近的少女動畫不流行閃亮亮那種的啊……總覺得有代溝。

「對了，現在的人類跟以前的人類很不一樣，都不用魔法了呢。」

「咦？還在說少女動畫嗎？是說以前都是魔法少女嗎？」

「不是，不過我也是因為魔法少女才想起來的……那時候我還是龍，還能在天上飛……好懷念喔。當時有很多人類會用魔法喔？還記得之前講的公主嗎，她也會。可是現在那種人類變得很少很少……」

「……人類不會用魔法喔。」

「咦？」

龍崎愣愣地歪頭盯著我。

忽然間，一團影子在我倆之間搖然而生。

「——女巫……不是……人類。」

「哇！嚇我一跳……」

從我和龍崎之間鑽出來的不是別人，就是黑澤。

照例一副睡眼惺忪的她，難得主動加入對話——啊，今天她拿的書是《完全圖解！純正黑魔法的全貌！～超級入門篇～》。

「……女巫……因為魔力的關係……沒辦法……在人類世界……正常生存。」

「也就是說，來到我那的公主其實是女巫，不是人類嘍？」

「…………大概吧。」

黑澤忽然移開視線。

「黑澤很了解女巫嘛。」

「…………並沒有。」

留下這答覆後，黑澤就搖搖晃晃地先走一步了。

還以為總是攜帶黑魔法書籍的她，會對這類話題感興趣……

黑澤寧寧子，貓，在學兩年。自我介紹時，她隱瞞了想成為人類的原因，而那其實是——「因為有人要求」。

＊＊＊

「哇啊！人間老師救救我～～！」

結束放學前的班會，回到辦公室時，早乙女老師淚汪汪地跑過來。

「早乙女老師，發生什麼事了？」

「就是……新視聽教室的投影機好像壞掉了……」

「咦！」

記得新視聽教室的投影機是我來到這裡那時剛買的——還很新才對啊。

「我什麼都沒做，它就壞掉了！」

「呃……是怎麼個壞法？例如畫面出不來之類——」

「對！就是這樣！畫面出不來……」

「這樣啊，那我去看一下。」

「哇～！謝謝！不愧是人間老師，果然可靠！」

這所學校有兩間視聽教室，主校舍是舊的，別館是新的。我就此跟著早乙女老師前往新視聽教室。

***

「人間老師，真的很對不起！」

「哪裡哪裡！這沒什麼啦！」

我一到視聽教室就先查看電源連接狀況，然後是訊號線，發現輸入部分沒接上，接好就行了。

「真的對不起……為這種小事麻煩你跑一趟……要是我有仔細看的話……」

「沒關係啦，這些輸出輸入的有時候很亂嘛。」

看早乙女老師這麼惶恐，我簡單安撫她兩句。

「對了，妳上課也會用到視聽教室啊？」

我還沒用過，想問來當作參考。

「沒有啦，因為明天這裡要開教職員特別講習，校長要我來準備一下。」

「教職員特別講習？」

「對，可是我也不知道細節。聽說是只有校長點名的人才要參加，所以要我來看器材能不能用。」

「這樣啊。」

當天檢查就行了吧，還真是小心。這講習有這麼重要嗎？

「人間老師，有你在真是太好了！真的很謝謝你！」

唔……！被那種閃亮亮的眼睛盯著，會讓人胡思亂想啊！早乙女老師死會了！早乙女老師死會了！

——好，回想著星野老師的臉，讓我鎮定下來嘍。

「哪裡，有事隨時可以找我喔。」

「哇～！謝謝！」

好閃耀的笑容……

每次和早乙女老師對話，都覺得自己被她強大的清純氣場壓倒，心裡的壞念頭全都受到淨化……直至一片雪白……

「那麼，我們回辦公室吧！人間老師，再跟你說一次謝謝喔！」

「很高興能幫到妳。」

視聽教室在別館三樓，回主校舍要走二樓的聯絡走廊，或是從一樓出去。我和早乙女老師下了樓，往二樓的聯絡走廊走。

「——嗯？」

路上經過別館二樓的美術教室。

過來時沒注意，但門是開著的。

窗戶有遮光窗簾擋著，裡頭很暗，不過感覺就是有人。

我不禁停下來一看，在畫布後面發現了黑澤寧寧子。

「人間老師？怎麼了嗎？」

早乙女老師對突然停留的我詢問。

「沒、沒什麼，就是……」

「………老師？」

當我支支吾吾，不知怎麼開口時，美術教室裡的黑澤也注意到我們了。

「哎呀，黑澤同學……原來如此，那我先回辦公室嘍！」

「咦，早乙女老師！」

「好啦好啦，下次見～！」

還沒弄清楚怎麼回事，早乙女老師已經往主校舍走掉了。

留下我和黑澤，氣氛尷尬。

「……老師，這邊。」

黑澤從美術教室叫我，手好像指著椅子。

「………過來。」

她滿月般的金色眼眸直勾勾地盯著我，有種不容我拒絕的感覺，像在下令。於是我順著她的催促進入美術教室。

「打、打擾了……」

我坐到黑澤所指的椅子上，是個能清楚看見畫布的位置。

「那是……」

「喵。」

黑澤畫的是一隻黑貓。

「自畫像嗎？」

「……………對。」

「妳喜歡畫畫啊？」

「……普通……因為這是……作業。」

「作業？」

「……準正規升級的作業。」

原來如此。

對了，校長在春假期間提過這件事。黑澤在春假擅自離開結界，本該大幅扣分或取消升級資格，最後在本人的意願下採取作業很多的「準正規升級」。

她總是能睡就睡，該不會就是因為作業的關係吧。

「——哎喲哎喲～？這位是人間老師吧？」

「繪本老師。」

美術老師繪本四季從隔壁的美術準備室進來了。他也是圓胖身材，只比校長瘦一點，留著及肩的中分黑髮，身穿黑色長袍般的衣服，外頭加了件顏料斑斑的丹寧布圍裙。

「你來看黑澤同學啊？」

「對、對啊。」

啊，一不小心就順著應話了。搞不好會被他當成越權行為。不是的，繪本老師，我不是來看她有沒有好好寫作業，純粹只是發現原來有這種作業，抱著圍觀心態進來看一下而已，不要誤會啊。我對天發誓，這不是在暗示繪本老師督導不周或能力不夠——可是這些話我該怎麼說才對啊！

「——人間老師。」

「咿！請、請說……」

繪本老師對思緒陷入死胡同的我說話了。

不、不要緊張。已經做好被他訓話的心理準備……！

我繃緊全身，準備挨罵。

「你有興趣當模特兒嗎？」

「……什麼？」

意外的請求使我全身像洩了氣的皮球。

他說什麼？模、模特兒？

「那個……請問什麼意思？」

會是我聽錯嗎？

「模特兒啊——寫生模特兒。」

真的不是聽錯啊……

「黑澤同學，那幅畫快畫完了吧？那下一次，拿人間老師當模特兒怎麼樣？人間老師黑黑的，跟妳的主題『黑』感覺很合適……」

黑澤停下手，若有所思地盯著我看了一會兒後，點個頭表示同意。

「好，那就說定了！人間老師，每個星期一都拜託你過來當個模特兒啊！」

「咦！這樣就決定了？」

「黑澤同學都同意了嘛，是吧？」

「…………不行嗎？」

唔……不要用那種眼神看我。

「……每個星期一的幾點到幾點？」

大概是我太好說話吧。

「放學以後到下午六點。你放心，不用一直保持同一種姿勢，拿辦公室工作過來做也可以喔。」

「了解……」

那就沒想像中那麼累了吧……

「黑澤同學，是不是需要再推人間老師一把啊？」

「…………說得也是。」

繪本老師和黑澤用我完全聽得見的音量說悄悄話。

「……老師。」

黑澤起身往我走來，揪住我的襯衫——

「…………拜託。」

繪本老師還在她後面擺勝利姿勢。

目的有夠明顯的撒嬌——可是沒辦法。

「唉……知道啦。星期一放學後，到下午六點是吧。」

就這樣，我每週星期一都要跟黑澤去美術教室。

***

今天是個特別的日子。

愛麗絲難得這麼開心。
還替我烤了蛋糕。
很久沒接觸過的外界空氣格外清爽。
腳下的土有點涼涼的。
遠處傳來陣陣鳥鳴。

藍天萬里無雲。
綠油油的樹木像是在歡迎我們。
花朵色彩繽紛，彷彿在說自己很幸福。

這都是愛麗絲家裡看不見的景色。
眼前的種種，簡直就像在嘲笑我一樣討厭。

今天是我離開這裡的日子。

我的一切遭到否定的日子。

＊＊＊

隔天，我莫名其妙來到視聽教室。
「好的～那麼特別講習『人類與亞人』正式開始～」
「理事長親自授課，真是太榮幸了……」
早乙女老師受命準備的特別講習竟然是專為我一個人辦的。
班會一結束，羽根田就把我拉來這裡，一回神就開始了。
寬敞的視聽教室裡，只有我和羽根田。
「假如只有我一個，不需要用到這裡吧？」
「咦～有什麼關係。再說我偶爾也想用一下視聽教室的大畫面啊，就當是檢查保養狀況～？」
儘管不以為然，但我的確只有在這種時候才有機會來視聽教室。
「那我開始嘍～雖然說是講習，其實很隨便啦，輕鬆聽就好。」
「知道了。」
理事長輕輕點頭，按下手上按鈕。
『哼哼～♪哼哼哼♪哼哼哼～♪』
「啊？」
放映在布幕上的是正在整理資料的我。

「啊，放錯了。這是偷拍你心情好到哼歌的時候。」

「不要亂拍！」

「話說，我拍的時候星野老師也在旁邊喔。」

「我的蠢樣也被星野老師看到了嗎……？」

「好了，暖身到這裡結束——」

「是要暖什麼東西。」

也太隨便了吧。

傻眼到一半，眼前的布幕刷一下顯示出原本要用的投影片。

「正題開始嘍。今天的講習題目是『人類與亞人』——而這個講習的起因呢，就是你之前和花梨跟寧寧子聊到的女巫。」

「妳有聽見啊。」

「正常啊，上學路上嘛。」

一時還以為被她竊聽了，後來才想到那是場室外的對話，其他人聽見也不奇怪……應該吧？

「好，所以呢——我覺得讓你知道這些，在教學上也會比較有幫助。所謂的近親呢，和人類之間有個灰色地帶——就先從簡單易懂的亞人開始說好了。像是一咲那種『狼人』，或是鏡花那種『人魚』都是大宗，啊，然後小雪的『雪女』和校長的『鴉天狗』也是喔。」

「也就是外型類似人類的？」

「不愧是老師，反應很快喔～就是這樣沒錯。這些亞人在我們學校的升級速度通常比較快，想也知道，因為生理方面比較接近嘛。」

「原來如此……」

印象中初、中級班最主要的扣分項目就是行為有違人類……最近根津也是因為這樣扣分了……

「有件事我想問一下。」

「嗯？什麼事？請說～」

「世界上有外星人、未來人、異世界人跟超能力者嗎？」

「也對啦，老師這麼宅，當然會想知道嘛～」

理事長帶著一臉就等我問這個的賊笑，播放另一張投影片。

「其實這個原本是後面才要講啦——首先是超能力者，也就是具有極微量魔力的人，人類社會也普遍認為這種人存在。可是真正的超能力者極為稀少，絕大多數都只是普通的魔術師或假裝有超能力的騙子。說個題外話，魔力強的人，全都是在魔法師的聚落或人跡罕至的地方，和使魔一起住的巫師或女巫——基本上啦。」

投影片有假超能力者和女巫的插圖，和一些簡單的說明。我茫然地想像魔力究竟是什麼東西，會是第六感的加強版那樣嗎？

「再來是未來人。未來人嘛——如果能超越光速，或許就能超越時間了～順便說一下，在我的觀測範圍裡還沒見過喔。異世界人也一樣，不曾出現在我所能觀測的範圍裡。」

她就這麼輕描淡寫地斬斷了我最近關注的異世界轉生之路……虧我還有點嚮往……虧我那麼想到異世界放無雙……

「……老師，你很容易把心思寫在臉上耶。」

「是嗎！沒這種事吧！」

「未來人和異世界人說不定都存在，只是我觀測不到而已。別那麼喪氣嘛～老師～」

理事長哄小孩似的猛摸我的頭。

可恥啊……這麼大了還被人摸頭，也讓人很難為情。連我媽都不會摸了。

「然後——啊，外星人。說到外星人——」

摸著我腦袋的手用力抓住我的臉，強迫我往上看。

「你眼前就有個算是喔。」

「……好近。」

距離大概只有十公分。理事長的頭髮碰到我的臉，搔得有點癢。另外，那是洗髮精的味道嗎？有種淡淡的香甜。然後……胸部整個碰到了耶，是故意的嗎？在我鎖骨這邊。啊————怎麼辦，該說嗎？

理事長看到我這麼為難，更是微笑調侃。

「喜歡這種不無聊的講習嗎？」

「……老實說有點傷腦筋。」

這樣我完全沒辦法專心。而且現在的理事長不是學生型態，是她自己的樣子。不知怎地，前提一變態度好像也會跟著變，心情很複雜。我到底該怎麼辦才好？

「呵呵，是喔是喔。這對你還太早了嗎？」

理事長這就放過我似的又回到布幕邊。

有點失落，又有點安心……

接下來，這場亞人介紹講習——一路說到精靈、矮人，甚至河童去。

「——就是這樣。如何，多少有聽懂吧？」

「多少是有啦……」

亞人比想像中還多種，無法一次消化完，但感覺和奇幻世界很類似。

「嗯嗯，現在這樣就好。實際見過以後印象可能又會不同了。」

實際見過——

我注視點著頭的理事長，想起她先前的話。

「原來理事長是外星人啊。」

「這個嘛，看你從什麼角度的感覺吧～？我連自己是從哪裡出生的都不知道，而且有知覺以後一直都是一個人。在宇宙瞎逛一段時間以後，就來到這裡了。」

「虧妳能找到這裡來……這機率應該很低吧……」

「是啊～我也是這樣覺得～」

理事長事不關己地說著自己的事。

活久了就會變成這樣嗎？

「對了，女巫最近要來我們學校，到時候想介紹你給她認識。可以嗎？」

「咦！好的。」

這麼突然，嚇我一跳。正牌女巫要來了！

這場講習會不會是因為女巫要來訪才開的呢。為什麼是我？想見見人類之類的？

她會騎掃把飛過來嗎？我不喜歡飛，不想再有下一次了，但還是想看女巫騎掃把飛來飛去。好想在現實裡看看虛構故事經典設定！完全是迷弟狀態。

「順帶一提，她還是寧寧子的家長。」

「咦……」

難道這是……家長日……？

可以感覺到原先還有點興奮的心情一下子枯掉。這間學校也會有這種事喔……

「她這個人可能有點難搞，不過我相信你一定沒問題的！」

「怎麼會沒問題。」

難搞是什麼意思。

不要一邊說那麼恐怖的話，一邊用那麼爽朗的表情比大拇指。

要是像社群網路上有點誇張化的怪物家長那樣怎麼辦……我絕對拿她沒轍……

「那麼，特別講習開到這裡就行了吧～只要知道亞人是什麼東西，有哪些種類和範例，容易學會人類的技能，所以升級比較快就行。」

「好，知道了。」

最後扔出來的炸彈，讓我在意得不得了。

黑澤的家長是女巫啊……到底會是怎樣的人呢……

＊＊＊

一星期普通地過去，我要和黑澤共度的第一個星期一的課後時間到來。

我把筆電帶到美術教室辦公。總不能在學生面前出試卷，所以主要做的是上課用的資料。幸好這所

學校的運動會或是校慶這類週年活動並不多，兩者都是三年一次的樣子，準備工作也因此大幅減少。所以我們這些教職員，能分配在自己學科的時間比普通學校更多。不過學生都是非人少女這點就夠累人的了……

噠噠的鍵盤聲在安靜的美術教室響個不停。黑澤看著我和畫布，默默地作畫。

油畫顏料有種獨特的濃郁香氣。

我沒畫過油畫，就只是莫名覺得那很帥。高中的藝術課程，因為覺得比較輕鬆而選擇音樂，所以美術教育只停留在義務教育階段。除了教社會科讓我會畫地圖外，沒畫過稱得上「畫」的畫。

黑澤的手悠悠地動著。感覺比上我的課還要專注，有點不甘心。

「………什麼？」

「啊，沒事。」

想黑澤的事，似乎使我停下了手邊動作。

「那個，妳喜歡黑色的畫啊？」

黑澤周圍的地上擺著幾面畫布，似乎都是她畫的。

有上次畫的黑貓、穿黑洋裝的人物畫、黑色的森林風景畫、黑皮書的靜物畫——之類的，沒有色彩的畫圍繞著她。

「…………普通。」

「……這樣啊。」

對話結束。

還是不要隨便跟專心做事的學生說話比較好。嗯，一定是這樣，應該不是她討厭我。應該吧……

「……我不喜歡顏色。」

才剛繼續辦公，就聽到黑澤喃喃開口。

「………會讓我……不正常。」

黑澤停下手，雙目略垂。有那麼一刻還以為她要哭了，害我緊張一下，但她一樣面無表情。

對黑澤來說，「正常」是指什麼呢？

被黑色圖畫圍繞的黑澤，彷彿活在停止的時間裡。

對於她忽然脫口說出這句毫無情緒的話，使我答不出話來。

＊＊＊

我和黑澤的課後美術教室活動就這麼持續了幾週，圖也將近完成。

「老師，今天放學後有空嗎？」

「羽根田啊，什麼事？」

星期三的班會結束後，學生們都在準備放學。

羽根田那魅力四射的笑容，給我很不好的預感。看過這張臉很多次，之後通常沒好事。

「就是之前約好的那個啊～」

「……？」

自己答應她什麼了嗎？想不起來的我脖子愈來愈歪。

「老師，你忘啦？」

「人間已經是大叔啦，記性變很差啦。」

「右、右左美同學！老師還不是大叔喔！三十歲應該還不算大叔才對！」

尾尾守的溫柔平時總是暖心，這次卻有點刺痛……幫我到這樣……真是謝謝妳了……

「可是，零老師還滿娃娃臉的吧？」

「啊～如果穿制服搞不好勉強像高中生喔！」

「這也太勉強了吧……」

我有這點自知之明，不會把那種客套話當真。為此付出慘痛代價的事，在網路上看多了。

「——喵！」

「哇！」

趴在桌上睡覺的黑澤冷不防跳起來。

還像是受到不小驚嚇，喘得很厲害。我還是第一次見到她眼睛睜這麼開。其他學生也嚇傻了。

黑澤困惑地四處看了看，思考三秒左右之後失望地垂肩嘆息。

「…………搞錯了。」

「寧寧子？還好嗎？」

羽根田前去關心反常的黑澤。

黑澤再一次確定某件事，又嘆口氣。

「……我沒事……回去了。」

「好、好喔。路上小心！」

黑澤晃動傾身，拿起書包離開教室，腳步比平時還要飄忽。

「怪怪的啦，右左美也跟去看——寧寧子！等一下啦！」

「我、我也去！」

「我也要！」

右左美、尾尾守和龍崎匆匆跟上黑澤。

她是怎麼啦，作惡夢了嗎？

「啾……突然叫那麼大聲，嚇死了啾……還以為她在威嚇啾……」

根津不知何時躲到了我的背後，抓著我的西裝衣襬探出頭來。

「受不了，她是怎樣啾。」

「真為她擔心呢。」

「萬智是擔心和害怕各半，很複雜的啾！」

「這麼誇張？」

「啾～～！萬智在老鼠時代被貓搞得很慘過啾！當然會怕啾！」

「嗯……寧寧子應該不是那種類型吧。」

「誰吱道啾！……話說根本就沒人吱道寧寧子在想什麼啾！平常都不說話，萬智直接跟她面對面說也不理人啾！連架都不跟萬智吵啾！這擺明是把萬智——對，當成獵食對象了啾————！」

實在不覺得是獵食對象耶……

不過黑澤真的是極端低調。根津說的「不知道在想什麼」我也同意。雖然人本來就很難清楚了解他人的想法，可是黑澤……會給人自我封閉的印象。

「唉……千結還在等，萬智先回去了啾。老吱，小帷，掰掰啾～～！」

用某個與麵包對抗的國民級壞蛋的方式道別後，根津也走了。

教室裡只剩我和羽根田。

「那麼老師，我們先去校長室吧。」

＊＊＊

「搞什麼！太慢了捏！」

一到校長室，就看到校長氣得腦袋噴煙。

對了，我是羽根田一講就跟著她過來的，「之前約好」的事是什麼啊……？

「對不起嘛～她在理事長室？」

「沒錯捏！今天也真夠沒禮貌的捏！」

校長難得這樣說一個人……

這個人真的那麼難應付嗎？

「別氣啦，愛麗絲就是這樣嘛。」

「愛麗絲？」

腦中跳出夢遊仙境。

「女巫啊，寧寧子的家長。」

「啊！」

我想起來了！

特別講習那天，她說過有女巫要來。

羽根田打開校長室裡通往理事長室的門說：

「愛麗絲～好久不見啦。最近好嗎？」

「哇～～！不知火大人～～～～～～！少了妳我就無聊到不知道怎麼辦啦！」

傳來的是最近流行的反派大小姐那種氣質的嘹亮嗓音。

說不定是因為事前的相關資訊都比較負面，才造成這種印象。

名叫愛麗絲的女性身高與我相仿，黑袍尖尖帽，長長的銀髮美得宛如銀河，兩鬢還垂掛著細細的辮子。深邃細長的眼瞳和衣服一樣黑。

外表比我想像中年輕很多。

「啊，這是我家孩子的導師？」

「對對對，叫人間老師喔。」

「是喔～」

很沒興趣的樣子！

女巫評分似的對我瞥了一眼，馬上就轉向羽根田。

手還不停在她身上摸來摸去，很親暱的樣子。

「老師，我跟你介紹。她是寧寧子的家長，愛麗絲．梅狄亞。」

「您、您好。我是寧寧子同學的班級導師人間零。」

「寧寧子？喔對，那孩子現在叫寧寧子嘛。」

「對喔～」

「呵呵！話說不知火大人，妳現在這樣小小隻的好棒喔～～！像乳臭未乾的小鬼一樣可愛！」

「啊哈哈，謝謝喔～」

那是在誇獎嗎？

「所以不知火大人～～～妳到底要在這種荒郊野外待多久嘛？天狗這種土包子種族很囉唆耶。來找我談什麼上學的時候，還以為會一～直待在我附近耶～～？」

「咦～？那時候我就有說會在這裡念書了吧？不過妳有幫到我很多很多喔，謝謝妳。」

「～～～唔！喜歡妳！」

到底是想給我看什麼啊……

女巫將羽根田抱上大腿，從背後抱著她卿卿我我起來。看得我如坐針氈，好想回去。叫我來做什麼的啊……

「咳哼！──那麼，請問您今天是有何貴幹捏？」

校長不知何時來到我身旁。

「啊？最主要是來見不知火大人啊～然後跟我們家貓咪的導師問問看她的狀況這樣，不然呢？」

「聽到了吧～那老師，寧寧子在你看來怎麼樣？」

忽然要發表看法，使我不禁一愣。

「啊，那個，她過得很好啊。毛病就是經常上課打瞌睡吧，可是那對她成績沒有影響，一直都是一流的。準正規升級的作業，她也很用心在做──」

「準正規升級……？」

這個詞使女巫眉頭一皺，樣子不太高興。

難道那是不該說的嗎？冷汗流過太陽穴。

「就是發生了一些事啦～」

還不知道怎麼回答，羽根田已經迅速打起圓場，但女巫還是不領情。

「啊？發生一些事——是什麼事？」

壓迫感。

宛如撞見野生猛獸般的恐懼襲向我。空氣頓時凝重黏膩，呼吸變得急促。糟糕，站不住了。怎麼會這樣，好重，好難受。身體使不上力，不禁跪倒。

「拜託喔，愛麗絲。那樣會影響到老師，不要再放出魔力啦。」

女巫冷眼朝我一瞥——

「——嘖，所以說人類就是麻煩。」

她的埋怨也聽起來很朦朧。

然後身體忽然變輕了。

「所以，她是怎麼了？」

「擅自離校。」

「離校？」

「對。」

「為什麼？」

「天曉得。」

「不知火大人，其實妳知道吧，告訴我嘛。」

「嗯～不要。」

羽根田最會的少廢話微笑出現了。

「……我不喜歡不知火大人這個地方。」

「是喔？我倒是很喜歡妳這種會想激我的地方喔。」

「真是的！笨蛋！」

女巫孩子氣地嘟起嘴。

「算了算了。那孩子是愈早離開我愈好，妳就儘量快點讓她成為人類吧。」

「那就看寧寧子自己的造化嘍～」

「……請問，愛麗絲小姐為什麼想讓黑澤同學成為人類呢？」

「啊？人類，你還在啊？黑澤是我家貓咪？叫我愛麗絲就行啦。」

「黑澤寧寧子同學，就是愛麗絲……小姐您養的貓沒錯。」

我還不曾直接稱呼女性名諱，忍不住就加上敬稱。

女巫像是看透了我的心思，眼神輕蔑地往我看。

「哼～黑澤寧寧子啊。不知火大人，妳滿會取名字的嘛。」

「嘿嘿，謝謝喔～」

這我也想問很久了，原來學生的名字是理事長取的啊。

我當然知道她們原本不是用日本名字過活的啦……

「那剛才在問什麼，為什麼要讓貓咪變成人？」

「是的。」

「我原本的想法，只是打發時間啦。可是那隻貓，大概是在我身邊待太久，開始擁有魔力。等我發現，已經『瀕臨極限』了。所以呢，雖然一開始只是開玩笑，不是真的想放她走，可是魔力太多是真的不好……我就馬上聯絡不知火大人，請她接收了。」

「魔力太多為什麼不好呢？」

「倘若超過限度，貓就不再是貓嘍。」

「貓就不再是貓？」

「對。啊～這邊叫貓又？是這個名字吧？天狗啊，對嗎？」

「對的捏。」

校長點頭之後，愛麗絲小姐的視線從校長回到我身上。

「聽到了吧……到時候，會變得很辛苦喔。我這樣的高階種族就算了，貓又就只是畜生變成的吧。所以沒辦法控制自己的魔力，再不情願也會傷人或造成破壞。你覺得那孩子受得了嗎？所以我才想讓不知火大人把她變成人類，以免她再繼續吸收魔力。」

「就是啊。愛麗絲難得拜託我，寧寧子自己也同意，所以就讓她入學了。而且待在結界裡，時間就會停止在進入時的狀態，魔力也就不會再增加。」

「……黑澤自己同意的啊。」

那她為什麼會跑出去呢？

若沒有結界保護，她有可能會變成貓又耶。

難道是故意想成為貓又——？

——喔不，這恐怕不太可能。照剛才那樣聽來，無法控制魔力是一件很糟糕的事，而且很危險。

「那個，今天和愛麗絲小姐見過面的事，可以告訴黑澤同學嗎？」

「咦～～～～～不……唔……好吧。」

「愛麗絲，到底行不行？」

「因為這樣好像我捨不得她，很丟人嘛！不過剛才放射魔力那時候應該已經被她發現了，所以不如……我也是不得已的嘛～～」

「嗯？愛麗絲，妳今天不是來找我的嗎～？」

「啊！……對喔！沒錯！人類你聽好！我來的事，愛怎麼跟她說都可以！」

「好、好的……」

是怎樣？這位家長其實是傲嬌嗎……

校長也唏噓地看著愛麗絲小姐和羽根田對話。

對了，理事長怎麼到現在都還保持羽根田的樣子啊。

「那我差不多該告辭嘍。正好打算在這附近停留幾天，近期內還會再來喔。掰啦，不知火大人。」

「好～再聯絡喔～」

女巫一個彈指，就化為一陣煙消失了。

魔法是這種感覺啊……比想像中還樸素。

比前一陣子校長的法術簡潔很多。

「老師，你覺得愛麗絲怎麼樣？」

「……看她其實很在乎黑澤，我就放心了。」

「是吧～很有趣對不對。尤其是她自己好像沒那種自覺。」

沒錯。起初還以為她漠不關心，結果還是挺在乎黑澤的狀況。
所以才會讓黑澤進入這所學校，以免她變成貓又。
可是……既然這樣，黑澤想成為人類的原因不就該是「不想成為貓又」或「防止魔力侵襲」之類的嗎？她是真的想透過這所學校成為人類嗎？
與愛麗絲小姐對話後，我開始有個疑問。
黑澤對愛麗絲小姐是怎麼想的呢？

＊＊＊

星期一放學後，美術教室。
「……是喔……主人她來了。」
黑澤聽我說見過愛麗絲之後停下畫筆，喃喃地說：
「那果然是……主人的……」
說到這裡就停住不動了。
愛麗絲小姐來訪那天，黑澤突然跳起來，會是因為感應到她的魔力嗎？
「黑澤，可以問妳嗎？」
黑澤慢慢轉過頭來。
「妳想成為人類嗎？」
我的問題使黑澤稍微抽了口氣。

片刻之後——

「主人她……想要的話……」

別開的金色眼眸深處，透露一絲糾葛。

「妳想成為人類嗎？」

我重複相同問題。

那對金瞳搖晃得更加厲害，然後伴隨嘆息慢慢合上。

「………我不知道。」

聲音小得快聽不見。這裡可是靜悄悄的美術教室。

「因為我……不正常……所以……再這樣下去……並不好……」

黑澤慢慢挑選字詞，擠出喉嚨。

「我也需要……保持……正常才行……」

這些話，彷彿是說給自己聽。

「黑澤，妳說的正常是什麼意思？」

黑澤突然用力握緊了筆。

「……主人……想要的，就是…………普通。」

我不知如何回答，沉默在兩人之間流動。

有過先前那些對話，黑澤應該知道我想問的不是那樣。

她是知道才不想說出來嗎？如果是，再問下去會太深入嗎……？

「……老師……你覺得……顏色是……必要的嗎……？」

「咦？」

手上調色盤只有黑與白的黑澤，用另一隻手上的筆沾了沾黑色。動作很熟練。

「聽說大家的正常……有……很多顏色……」

她將黑色輕輕抹在畫布上，往下滑動。

「主人也是……」

彷彿是放棄了什麼。

我想起第一次陪她做作業時，她說過的話。

——我不喜歡顏色。

——會讓我不正常。

那是她當時的回答。

黑澤的正常與身邊人們想要的正常不同，不願意接受它。

我從一開始，就是在問黑澤的願望。

「……我，喜歡妳的畫。」

即使畫布幾乎被黑色填滿，卻有著確切的存在感。

她用觀察般的視線注視著我。

我繼續說：

「雖然妳的畫沒有顏色，卻能感覺到妳在那裡。大概是因為，那是妳眼中的景物吧。或許我和妳看見的顏色不一樣，但不一樣並沒有錯。所以——我不認為一定需要顏色。」

黑澤的正常，不是我的正常。若說黑澤的顏色是黑色，那我看起來是什麼顏色呢？

黑澤什麼也沒說，就只是盯著畫布。

＊＊＊

「啊～～～建設遊戲就是可以放鬆玩啊～～」

現在是即將換日的時段。建設遊戲正適合東摸摸西摸摸地玩到深夜。

每週一放學後陪黑澤做作業，刺激了我多年沒爆發過的創作欲，很想大肆建設，玩起用地圖上各種材料方塊蓋東西的神作。這款遊戲有建築模式，不需要到處蒐集材料，可是我就是獨鍾生存模式，喜歡用努力蒐集來的方塊打造自己的天地。我覺得給自己這樣的限制，會對作品比較有感情。

「好，就這樣吧。」

材料蒐集得差不多了，以前的我也囤積不少。幹得好啊，以前的我。好，來蓋個特大魔劍——嗯？怎麼了？

在床邊充電的手機響了。

響好久……是電話？我正在興頭上耶……

良心學校蓋的宿舍房間很大，床有點遠。我離開心愛的電競椅到床邊，螢幕顯示的是不知火高中。學校這麼晚打電話來？——有不好的預感。

「喂，我是人間。」

『人間小弟，不好意思這麼晚打擾你捏，有急事捏。黑澤同學又想擅自離開結界了捏。』

「咦，擅自離開？她現在——」

『幸好很快就逮到了，現在她沒事捏，不過還有處分公告要發捏。人間小弟，能請你來一趟校長室嗎？真的有困難的話不勉強捏。』

「我馬上過去。」

結束通話後，我趕緊整裝。

啊啊真是的！就先換個能見人的衣服吧！

要發處分公告，表示有異議就得趁現在說。到了明天，就很難推翻學校的決定了。

我七手八腳地在T恤上套一件外套，下面穿牛仔褲和好跑的帆布鞋就行了吧。怎樣都好啦。黑澤也在校長室嗎，為什麼又惹出擅自離校的事呢。都給她準正規升級了，再犯不就是——慢著慢著，事情還沒確定！

我沒關電腦也沒關燈，只給門上了鎖就往學校跑去。

＊＊＊

「抱、抱歉來晚了……！」

跑出宿舍五分鐘後，我抵達校長室。

缺乏體力的我喘得快死了。

「人間小弟，謝謝你趕過來捏。先坐下捏。」

黑澤也在校長室。

我在沙發坐下，呼吸還很亂。

「就結論來說捏，這是黑澤同學第二次擅自離校，校方無法再保護她了捏。因此這次的處分——是退學捏。」

這是合情合理，卻又最嚴重的處分。

黑澤像是願意接受任何處置，靜靜地聽。

「……校長，還有辦法挽救嗎？」

「準正規升級就已經是挽救了捏。第二次就——」

校長沒有再說下去。黑澤現在等於是假釋再犯吧。

這樣就很難救了。

「老師。」

黑澤轉向我。

「……我，沒事的。」

什麼叫沒事啊。或許我該問——

「妳為什麼又想溜出去？」

之前春假一次，現在又一次。

黑澤直勾勾地對著我說：

「因為，我想去除顏色。」

她緩慢且仔細地說。聲音雖然小，卻有著堅定的意志。

「……老師，我不想、成為、人類。」

其中沒有任何迷惘。

黑澤是主動選擇退學。

那為什麼──

我用力握緊拳頭，壓抑想追問的自己。

即使有話想說，也不能任憑衝動說出口。

畢竟我不是想責怪她，只是想了解而已。

於是我慢慢吐氣，說道：

「……我知道妳不想成為人類，希望退學了。」

每個字都說得很小心。該怎麼說才最好呢？我不知道。儘管如此，還是想了解黑澤的想法。

「……那妳為什麼要溜出去呢？是想去哪裡嗎？」

「這個……」

黑澤難以啟齒地低下頭。

糟糕，該不會說錯話了吧。

這是我「第二個」遭到退學的學生，我也很難受，所以至少想了解緣由。這樣自私嗎？什麼也不多問直接送她走才正確嗎？

黑澤是貓，還是隻有魔力的貓。離開結界就有可能一不小心變成貓又，四處作亂。有多危險，她本人應該最清楚。所以我不懂她為何要為了退學選擇擅離結界這種手段，為何做出使自己暴露在危險中的事──而黑澤始終低著頭。

「……因為我認為……主人會來。」

「愛麗絲小姐？」

這名字使校長的眉毛動了一下。

「對……」

是認為自己有危險，她就會來解救嗎？還是說，她知道愛麗絲就在附近，所以想去找她呢——？

不對不對。黑澤對主人有感情，所以——

「妳也該出來了揑？——愛麗絲。」

咦？

我和黑澤背後漫出陣陣紫煙。

接著是毛骨悚然的沉重壓迫感。我體驗過這種感覺。

「——天狗連閉嘴都不會嗎？所以我才討厭畜生。」

「別這樣嘛，這次狀況比較特殊吧～？」

是愛麗絲小姐的聲音，而且羽根田也在的樣子。

身體好重，回不了頭。

理事長以我聽不見的音量對愛麗絲小姐說了些話。

隨著愛麗絲小姐的嘆息，我的身體恢復了自由。

「……主人。」

「一隻貓也敢呼喚我，膽子不小嘛？」

愛麗絲小姐和羽根田——啊，現在是理事長的外表。兩人都倚在我們背後的牆上。

愛麗絲小姐不太高興地抱著胸，一隻腳踩在牆上。

「——所以呢？妳想怎麼樣？回我家只會落得變成怪物的下場喔？」

「我看了、書……」

「啊？什麼？」

「看很多、黑魔術的書……尋找……控制自己……的方法……」

黑澤又低下頭。她總是帶在身上的那些書，全都是隨便找間書店就買得到的人類著作，而且還標明了初學者或基礎什麼的……

「那妳找到控制的方法了嗎？」

「…………沒有。」

「哈！那還是不行嘛。」

女巫刻薄地說。

「可是我……不想成為、人類……所以……」

黑澤慢慢抬起頭。

「想請主人……替我結束……這一切。」

霎時的沉默。

在場所有人都了解這句話的意思。

黑澤離開結界，變成名叫貓又的怪物以後，讓女巫親手——

「——啊？妳知道自己在說什麼嗎？」

「我知道。」

黑澤清晰地打斷女巫的話，表達自己的想法。

然後鄭重地站起，走向女巫。

「主人，把我撿回去……主人，養育了我……從主人，那裡得到魔力——然後……現在，來到這裡。所以——」

那是尖銳且平靜的視線。

黑澤和女巫近得幾乎要碰到彼此。

黑澤的手撒嬌似的抓起女巫的衣服，將嘴唇湊到女巫耳邊說：

「——愛麗絲，妳要……負責。」

語氣甜得像包著蜜糖的毒藥。

表示誰起的頭，誰就要負責收尾。

黑澤輕飄飄地放開女巫退後，依然是面無表情。

「……如果我說不要呢？」

女巫的聲音在發抖。

「不行。」

黑澤不准女巫逃避。

「怎、怎樣啦。怎麼可以……是妳自己同意成為人類的不是嗎？為什麼突然又說這種話……」

忽然間，黑澤與我四目相對。

「因為那個老師……讓我明白了……」

我？

突然被她點名的我吸引了黑澤以外的所有視線。黑澤繼續說：

「我不需要，成為愛麗絲想要的正常……可以有我的願望……我的正常……我只要有愛麗絲、就行了，其他都、不需要。」

接著——我第一次看到黑澤這種表情。

「我只想要、愛麗絲。」

——她笑了。總是面無表情的她，露出了令人醉心的甜美微笑。

那就是黑澤選擇的結果啊。

「……唉…………知道啦。」

女巫深深嘆息，死心了似的低語：

「為什麼要逼我做這種事？」

「因為黑色……就是我的、世界。」

「哈！什麼啊……如果還有時間，我說不定就有辦法治好妳……為什麼這麼晚才注意到啊……」

「這是有時間就治得好的嗎～？」

理事長用傻氣的聲音插進女巫與黑澤之間。

「咦，有、有時間的話……如果可以控制魔力，做出一個合適的容器，就算她變成怪物也能負荷失控的力量。再把這些教會她——」

「那再三年。從現在開始，我可以把寧寧子身上的魔力鎖定三年，妳能在這段時間想出辦法嗎？」

理事長的提議使女巫睜大眼睛。

「可、可以……！」

「嗯，那好——寧寧子呢？」

突然被叫到名字的黑澤反射性地豎起耳朵，可是腦袋似乎未能跟上事情的變化，交互看著女巫和理事長。

「…………妳是說，我說不定、可以……跟愛麗絲……一直在一起了？」

「對，成功的話。」

「真的……？」

黑澤對女巫投以期待的眼神。

「妳也會吃點苦頭，不過至少比現在好吧。」

女巫雖然話說得冷淡，卻藏不住嘴角的笑意。黑澤似乎也察覺到了，跟著淺淺微笑。

「我想跟、愛麗絲……在一起……！想跟愛麗絲小姐……一起學、魔法……！」

話裡充滿對未來的希望。

不會就此結束。

接下來黑澤還能和愛麗絲小姐一起生活。

理事長也對她的回答很滿意。

「嗯，以後要加油喔。」

「——對了，妳是誰？好像、在哪裡見過……的樣子？」

雖然現在是理事長的外表，畢竟是相處了半年的同學。

「我是不知火理事長，是第一次用這副模樣和妳見面。」

理事長調皮地刻意對黑澤彎腰鞠躬。

「啊，妳是面試那時候，會說話的光……？」

「對對對。」

面試時是會說話的光啊……好吧，這樣可能比較方便。

「那是本體……？」

「嗯～算對吧。」

「不知火大人，妳要怎麼鎖住這孩子的魔力？」

「有兩個方法。」

理事長豎起兩根指頭說：

「第一是把老師手指上的那種戒指借給妳來抑制魔力累積，然後妳在愛麗絲家學習怎麼控制魔力。第二，就是請妳住在森林裡的神社，在那裡學習。那裡有雙重結界，不會有學生進去，有什麼事的時候我也方便支援，所以比較推薦第二個喔～」

「哇～！我不想欠天狗人情啦！」

理事長笑嘻嘻地給出選項，女巫卻面臨終極抉擇似的抱頭苦思。

她是真的很受不了校長吧……

同時，校長也對女巫的反應很感冒，輕聲嘆息。

「唉……雖然我也是千百個不願意，既然是不知火大人的意思，我就沒意見捏。」

「……不會一直碎碎唸？」

「只要愛麗絲少說些冒犯人的話，我也不會多抱怨捏。」

「我就是說這個啦。」

「所以呢？怎麼決定？」
理事長出聲催促與校長互瞪的女巫。
女巫掙扎了好一陣子，看看黑澤再看看校長，又苦惱起來。
最後好不容易下定決心開口說：
「……知道啦！唔唔……雖然很不想欠天狗人情……還是決定借你們神社用一陣子！」
理事長露出「這就對了」的表情。
「嗯，我就知道妳會這麼說。那麼——」
理事長將手伸向黑澤，手鐲上光輝閃動。
「黑澤寧寧子，退學。」
一團橘紅色火焰隨這句話包起黑澤全身。
火焰瞬即消逝，黑澤原來的位置只剩下一隻金瞳小黑貓。

＊＊＊

黑澤突然退學，給高級班學生造成不小的震撼。
尤其是根津，還跑來對我哭訴說沒跟黑澤說到什麼話。
我在能說的範圍內，向學生們解釋事情經過。
羽根田始終遙望窗外。

＊＊＊

「哇！好破的神社！」

「愛麗絲是吐不出象牙捏？」

「這裡能用魔法嗎？還是禁魔法？」

居然用「這裡能抽菸嗎？還是禁菸？」的感覺談魔法……

「因為結界的關係，不能對建築物用魔法捏，所以請人間小弟來打掃捏！」

對，因為我先前是黑澤的導師，便將打掃工作交給我。

「哼，那你就好好把地板擦亮吧。」

「知道了～」

黑貓在愛麗絲懷裡喵了一聲，會是在替我加油嗎？

啊，對了。

「黑澤……現在可以這樣叫妳嗎……妳在美術教室給我畫的畫，已經完成很久了嘛。後來我有點在意，便去問繪本老師妳畫得怎麼樣了，結果——」

咦？黑澤同學給你畫的畫？那個早就完成啦！只是黑澤好像不太想結束的樣子，是有哪個細節不滿意才不停修改，還是她很喜歡你呢？……總之人都退學，不得而知了。

不知道黑澤怎麼想，真相其實也不重要。只是覺得那段與黑澤共度的時光很寶貴。

黑澤金色的眼睛凝視著我。

「——黑澤，謝謝妳那時候畫我。」

黑澤所說的黑色，是我心中的顏色。我們就是像這樣以此為出發點，去認識各式各樣的顏色吧。

這便是黑澤告訴我的事。

黑貓眨眨眼睛，跳出愛麗絲懷裡，一步步朝我走來。

然後在我腳上蹭了蹭，輕輕喵一聲。

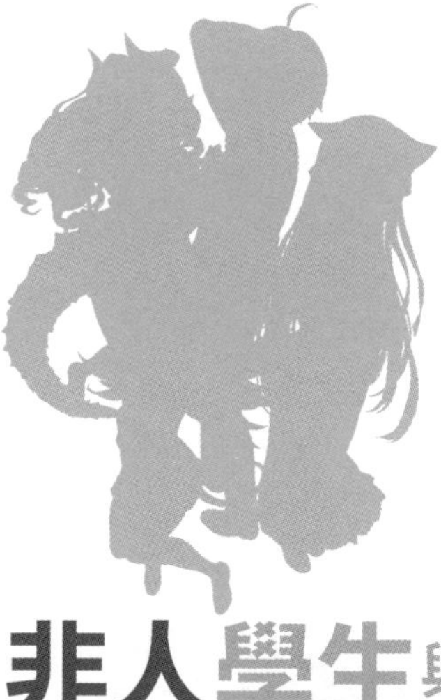

非人學生與
厭世教師

人間老師，可以替我們找出希望嗎……？

厭世教師與帷中追憶

MISANTHROPIC TEACHER IN DEMI-HUMAN CLASSROOM.

我好羨慕。

無論是生，是殺。

根源之處，都有著感情。

一下愛，一下恨，一下傷悲。

人類真是麻煩又忙碌。

我還想多看看人們心動的瞬間。

也希望——自己能有這麼一天。

***

冬季澈底到來。

黑澤已經退學一個月。到了十一月，就覺得今年快過完了。

「那麼老師，我要報告寧寧子的近況嘍。」

「好，謝謝。」

放學後，理事長室。

今天羽根田仍保持學生的模樣。

我隨口問了問黑澤的近況，她就把我帶到理事長室。

黑澤和愛麗絲都在神社地下做研究的樣子。

黑澤現在的魔力就像是剛好斟滿杯子的水。光是湯匙伸進去就會滿出來，想撈也不好撈，而現在理事長將水凍住了。

這段時間，黑澤要訓練如何削冰，並做出盤子墊在杯子底下，以免魔力溢得到處都是。

「所以黑澤就是正在跟愛麗絲小姐一起研究了。」

「嗯嗯，因為事先預習過，愛麗絲誇她以魔法初學者來說進步得很快呢～不是在面前誇就是了。」

「為什麼，要誇就當面誇啊。」

「因為現在不是主人而是師父，有面子什麼的要顧吧？」

「這樣啊……？是喔……」

如果想成斯巴達社團的顧問，好像也能理解。

不過那種教育是針對一受誇獎就容易怠慢的學生，對黑澤說不定是反效果……不對，這恐怕不是我該置喙的事……

「你又～在那邊自己偷笑了～」

唔……好像又寫在臉上了，真害羞。

我不是想引人注意。只對羽根田說就沒問題了吧！

「……我想，黑澤應該是愈誇會愈好的類型喔。」

「真的～？是喔是喔，謝謝你的建議喔！我會跟愛麗絲說的。」

「妳跟愛麗絲小姐認識多久了？」

「咦～！從發現這裡之前吧。就是羅馬興盛的時候！那時候的她還很青澀，很可愛喔～」

羅馬興盛的時候，也就是——西元前一世紀到西元三世紀……？古早到不行，想想就快昏了……

「看人類社會一直在變化，很有趣喔。房子也從木頭變石頭，現在還蓋起摩天大樓。」

「對妳來說，那大概是一下子的事吧……」

「嗯～不曉得耶？真的有那麼快嗎～」

真虧她記得住，我連學生時代的事都記不清楚了。十年前的事也模模糊糊。

「對了，妳之前說小櫻想照顧的那個貴族家兒子後來怎麼了？」

她在露營那時說了這個故事以後就再也沒提過，讓人頗好奇。

「喔，四郎預見那孩子如果繼續留在人類社會，會被爭繼承權的人殺掉，所以就把他藏在那座神社裡了。那孩子也根本不想繼承，說願意做任何事來報答救命之恩呢～哎呀，真是個好孩子～」

那個時代的確動不動就為了權力爭得死去活來，很可能會有那種下場呢……

「而那時候我剛好想多認識人類，就在學校給了他永遠的生命——應該說，是停止了他的時間。」

「咦！太可怕了吧！」

「因為他說什麼都願意做啊？」

這種話真的不能隨便亂說……

「那個兒子願意嗎？」

「我不知道他實際怎麼想啦，可是有經過他的同意。」

「這樣啊……那他後來怎麼了？」

「後來讓他教了一陣子人類的事～那個時代還沒有教師證之類的東西——所以算無照教師吧？」
「變得有點像漫畫主角，滿帥的嘛……」
「不過他不是住在能看海的斷崖邊，而是到處都是山的森林裡喔。」
原來小櫻真的用結界保護了貴族的兒子。
小櫻沒能成為人類，要是那個兒子遭遇不測會很可憐，幸好是皆大歡喜的結局。
嗯？她說「一陣子」，所以不在這裡了嗎？
「那孩子現在怎麼了？」
「進入人類社會啦。忘了過去的一切，過普通人的生活。他的時間也恢復流動，會和普通人一樣老化喔。」
「咦？他還活著啊？」
「是啊，算是最近的事嘛。我看世道變得很和平，覺得差不多能放他走了。」
現在還活著，只是失去記憶。難道說——
「該不會我就是那個兒子吧——！」
「你想得美咧。」
羽根田冷笑著斬斷我的期待。
「怎麼這樣……虧我那麼期待漫畫或輕小說那種常有的特殊身世……！」
「啊哈哈！老師就只是普通小康家庭養大的普通人啦，真是太遺憾嘍～要感謝爸媽喔～？」
任職於這所學校的非日常過於融入日常，讓我期待自己也有些特殊情況了。是喔……我只是普通人啊……有點失落的同時，我也為自己真的是父母的兒子感到慶幸。對於他們從出生就扶持我到現在，真

的非常感謝，只是沒什麼機會能表達而已。話說，我連稱得上叛逆期的時期都沒有呢～

「說真的，如果要以普通人身分過活，還是完全忘了這學校比較好喔。老師小指上那枚戒指，其實也不夠完備。離開這個結界一段時間以後就會失效，替換掉這段時間的記憶。」

「那……這個一段時間是多久？」

「不知道。大概是我覺得差不多的時候吧。」

「太模糊了吧……」

還以為只要有我戴在左手小指的這枚銀色戒指，就會永遠記得這所學校……難到我真的總有一天會忘了這裡的日子嗎？

「知道什麼時候會忘，反而比較殘酷吧。」

這麼說的羽根田隱約有些感傷。

＊＊＊

「啾～～！升學考完全沒準備啾……！」

「咦咦……根津……」

「都十一月，第二學期過一半了，太慢啦。」

高級班開班會時，正好響起關於升學考的廣播。當然，考試時間是因個人路線而異。考一般大學組基本上都是明年，要推甄的尾尾守（平時狀態），和準備考專科學校的尾尾守（滿月狀態），結果都已經出來。當然是考上了。

「我都知道喔，萬智只是平常貪吃，在這種時候就會拿出實力吧？」

「就是這樣啾！開始覺得沒問題了啾！」

「真的嗎～」

「真的啾真的啾！萬智可以拿今天晚餐，寮子阿姨用自栽馬鈴薯特製的香酥可樂餅來賭！」

「根津居然拿食物來賭……！」

所以她是真的很有自信嗎？

「萬智同學，要是會怕，跟老師談談看或許比較好喔……！」

「是啊，這樣比較好吧。」

若要認真回應，的確是談談比較好——然而根津的成績雖不平均，絕對稱不上差，數理還排第三，只輸給羽根田和右左美，其他科目也有達到她志願校的標準才對。可是，疏忽大意最要命。

出路啊……

這類輔導基本上是由星野老師負責，不過這畢竟是我帶的班級，從今年也開始兼任出路輔導了。

「啊，那我也來找老師談一下志願好了～」

「咦？」

羽根田也要？總覺得有其他企圖的味道……

「啾！那萬智也要！」

「請便請便～」

「玩這個哏不嫌人數太少嗎啾！啊！該不會等萬智上鉤以後才讓給萬智的吧……！」

「妳說呢？」

豎起食指，輕巧地眨個眼睛的羽根田究竟是算計了多少呢？

「啾～～！超不爽的啾！小帷也來跟老吱做出路輔導！」

「好哇～」

「咦！」

——就這樣，我要和根津還有羽根田談出路的事了。

＊＊＊

冬天的理事長室溫度剛剛好，像鑽進暖桌裡。

與根津談過出路後隔天，我懷著保險心情問問看羽根田是不是真的需要，她便帶我來到理事長室。

羽根田說她的能力在這時期會不太穩定，想找個可以恢復不知火模樣的地方說話。話說去年這時候，她也曾課上到一半去保健室，保健室的晴香老師也說羽根田這時候總會弄壞身子。是能力愈大，所謂的副作用也就愈大嗎？一進理事長室，羽根田全身就被橘紅色火焰包圍，恢復理事長的模樣。

「……不管看幾次，那些火都很恐怖。」

「我也覺得是這樣，所以儘量不在你面前變身嘍。人類好像都滿怕火的。不過我這樣比較舒服，今天就請你包涵一下喔——來，開始說吧。請坐。」

如此說道的羽根田指著理事長室的沙發。

我聽話坐上沙發，羽根田則坐到我對面。

「那個……羽根田……喔不，該叫理事長？」

「喔，叫羽根田就行啦。雖然用這個外表，講的還是羽根田的事。」
「好、好吧，知道了。」
這時候該怎麼稱呼她都很猶豫。我清咳一聲重整心情問：
「羽根田，妳成為人類以後想做什麼？」
「想玩音樂吧。」
「……真的？」
「嗯，一半是真的喔。」
大概是心思都寫在臉上了，羽根田拄著頰，歪唇賊笑。
玩音樂的事，羽根田在自我介紹上也說過。但我分辨不了多少是她扮學生的人物設定，多少是她的真心。
「剩下一半是什麼？」
「過像你那樣的人生。」
「啥？」
什麼垃圾願望啊。
「妳在挖苦我嗎？」
「沒有喔？我可是很認真的呢。」
……愈來愈搞不懂她在想什麼了。
「過我這樣的人生……是什麼意思？」
「就是字面上的意思。」

「聽不懂。根本沒有哪裡好啊。」

「是嗎？你不是都泡在自己的嗜好裡嗎？今天晚上也很期待吧？」

「是沒錯，不過這樣說太那個了吧！」

少誤會，我只是打電動而已！

羽根田賊呼呼地笑著，在我抗議以後站起來，一屁股坐到我身旁，沙發稍微晃了晃。

「……我也好想和老師一樣，培養各式各樣的興趣喔。或許會遇到討厭的事情沒錯，可是心腸也會因此變得更好喔——像老師一樣！」

「我又不好心。」

一陣苦澀湧上心頭。

「很好心啊，後悔是好心的人才會有的嘛。我啊，聽了老師以前的事以後，覺得你很有人性喔。」

她是在調侃我嗎？不，是我疑心病重。羽根田應該沒有那種想法。

「有人性是什麼樣子？」

「不完美的樣子。」

「其他動物也不完美啊。」

「會覺得不完美，就是很有人性的想法。」

愈聽愈像詭辯。

「這不是我唯一想過的人生喔。我想想～右左美的那個彗子小姐那樣的人生，或是舍監阿姨寮子的人生都不錯……其他嘛……」

羽根田就此說起許多人的人生，全都是微不足道的平凡人生。平凡卻刻劃了那人一生經歷的人生。

說得很羨慕的樣子。

「虧妳能舉這麼多例子。」

「因為見過很多嘛。」

羽根田究竟在永恆的時間裡見過了多少人生呢？

她在成為我們所知的羽根田之前，都是怎麼過的呢？

「我很喜歡人類喔。」

咚，左肩有重量壓上來。身旁的羽根田倚著我的重量。她翹起腳，將手放在膝蓋上，柔亮的頭髮滑過我的西裝外套。

「有件事我一直很想說……妳這件衣服胸部露太多了吧？」

從這個角度可以清楚看到很不得了的東西，尷尬得我忍不住移開眼睛。

「老師真的是悶聲色狼耶。」

「可以告妳性騷擾嗎？」

「對不起嘛～」

說是這麼說，她應該不會改吧。

再說就算要告，我能去哪裡告啊。

反正那也沒有冒犯我什麼，無所謂啦。可是人類不會都這麼想，要是羽根田就這樣變成人類，遭到壞人盯上——

「人類不是每個人都好心，有的人還會以虐待他人為樂，這樣妳還喜歡嗎？」

羽根田若有所思地往我瞥一眼，視線又垂落自己腳邊。

「人性就是這樣，所以我喜歡。」

用同樣的語氣，去認同那種汙穢的人性——我實在不想認同。

「那只是自欺欺人吧。」

即使覺得這樣講很不好，我的嘴還是沒停下來。

「真的遇過一些很糟的事，沒辦法原諒自己的人，我就不信還能說出那種話。做人都會有不想活下去的時候了，哪還會喜歡啊。妳這樣就是因為不是人類，比人類強大太多——」

說到強大那瞬間，腦海裡浮現龍崎的臉。

她就是因為強大而孤獨，為找尋愛而期望成為人類。

會不會羽根田也是——

「嗯～或許吧。也就是說，如果我也開始討厭人類，就表示我更接近人類了吧。」

即使受了我的怨懟，羽根田仍笑呵呵。

「……是不用故意去討厭啦。」

「是喔？……實話呢？」

為什麼要這樣問我。

我是大人了，黑暗的情緒都要壓抑住，不能讓人看見，請不要刻意引導我暴露出來。妳又不知道我是抱著什麼心情在掩飾這種情緒！

「欸，說嘛。我不會生氣啦～」

「這樣說的人最後都會生氣喔。」

「是嗎？嗯～好難喔……可是老師，我很想聽你怎麼說耶，告訴我什麼叫人類嘛。」

別鬧了。我什麼都不想講，情緒也是支離破碎，哪會有什麼道理能說。至少知道現在的自己就算開口，也只會訴諸感情而已。

可是我的嘴卻違反我的意識，言語傾瀉而出。

「……人類總是會不知不覺去期待某個人。所以希望別人對你好，因為別人做了無法原諒的事情而生氣，便討厭別人。不過我認為，那是想站在對等立場去接近對方才會那樣做……那樣的想法，最近可能比較容意受到否定吧。可是，大家多多少少都會這樣想，只是不表現出來……而妳因為是不死鳥，才什麼都承受得了……我也很想說喜歡人類啊，但就是說不出來——抱歉，這完全是我的偏見，也知道自己說的話亂七八糟。可是聽見妳說妳多喜歡人類，會給我一種自己心裡討厭人類的部分被完全否定掉的感覺。所以——」

「對我來說，你討厭人類也沒關係喔。」

「這種事我當然知道！」

沉默迴盪在理事長室裡。

「……對不起，我太多嘴了。」

即使我忍不住罵人，羽根田態度依然平靜。可惡，這樣不是更突顯我的愚蠢嗎？成熟不起來，始終不著邊際，我真的好討厭自己……

「妳道歉做什麼……應該是我道歉才對……真的很對不起，生妳的氣是我無理取鬧。這種時候妳大可罵回來，我還寧願妳開罵……不，拜託妳罵罵我……」

「哇～我活了那麼久還是第一次有人要我罵他耶。」

「……妳以前有生氣過嗎？」

「咦～嗯……想不太到耶～」

「有討厭的事嗎？」

「沒有耶。」

也是啦。聽她說了那麼多，多少感覺得出來。

「有開心的時候嗎？」

「成為人類的學生成長茁壯的時候吧。」

「要是她遭遇不幸呢？」

「那也是人生啊。」

「難過的時候呢？」

「沒印象耶。」

如此說道的羽根田尷尬地笑。

她和我完全不一樣。說不定我就是那種所謂很難活下去的個性，像她那樣什麼都能包容的生活態度就絕對不會吃苦。我知道現在風氣就是這樣，可是還是有所期待，希望這世界可以盡可能多一點善良，少一點悲傷。羽根田的想法，就是所謂大人的想法。

我討厭人類是太任性嗎？只是在怨天尤人嗎？唉～乳臭未乾，蠢斃了。到底要幼稚多久才甘心，自己一直在原地踏步。總覺得愈想愈難過。

這時，羽根田對想不開而沮喪的我輕聲說：

「……對不起喔。說不定這樣說又會惹你生氣，可是我還是覺得你非常有人性。」

「咦？」

她口中的人性究竟包含了怎樣的意思呢？

「老師，你有生氣過嗎？」

「……有。」

「有討厭的事嗎？」

「……有很多。」

像現在就在討厭我自己。

身旁的羽根田聽見我的回答便「是喔是喔」地點著頭。

「有開心的時候嗎？」

「……也有很多。」

「有痛苦的時候嗎？」

「很多很多。」

「有放棄過嗎？」

「每天都想放棄些什麼。」

「難過的時候呢？」

「數也數不完。」

「幸福的時候呢？」

「……也是數不完。」

這一連串的問題，和我問她的差不多，但每一句都非常溫柔。與其說是想知道答案，更像是在小心翼翼地擁抱我人生中的每一種感受。

「這樣啊。老師的人生，是由很多很多感情點綴起來的呢。這些總總塑造出現在的你呢。」

不只是傷悲，也不只是喜悅。這就是我的人生。

不管活了多久都不斷羨慕別人，無可救藥的人生。

「你有很多我所沒有的東西呢。」

「妳也有很多我沒有的啊。」

「真的？」

「要是我能像妳那樣想，應該會活得很輕鬆吧。」

「嗯～？」

羽根田不太能理解的樣子。

「剛才就說了，我想過你那樣的人生……有很多喜悅和悲傷的人生……好好喔，有真的活著……我一直很空虛。你剛說要是能像我那樣想，就能活得很輕鬆，可是活得輕鬆不一定快樂吧？不會變得空虛嗎？啊，我不是說一定要有痛苦的經歷喔……對我來說，無論什麼樣的感情，心裡激動的時候愈多就愈有活著的感覺。所以啊，我覺得老師保持現在這樣就行了。比誰都更有人性——好羨慕喔。所以說，開心和悲傷也都保持現狀就行了——再說你這些激動的時候不會害別人傷心難過吧？」

「……我不是剛剛才對妳亂發脾氣嗎？」

「你道過歉，也很努力在反省了嘛。而且現在也非常後悔，不是嗎？」

話是這樣說沒錯，可是我覺得自己不該表示意見，便沉默不語。

「啊哈哈！老師你那什麼臉啊！皺巴巴的很好笑耶～啊……真像人類……」

「羽根田……」

說不定我們只是想追求彼此缺乏的東西而已。羨慕隔壁翠綠的草坪，看不見自己擁有什麼。我擁有什麼呢？

「老師啊，如果再給一次機會，你會努力面對悔恨嗎？」

「什麼意思？」

莫名具體的唐突疑問，使我有點摸不著頭腦。

「就是想問一下啦。」

「……不要跟我說妳還能讓時光倒流喔。」

「我不是在特別講習上說過沒有未來人嗎，沒辦法控制時間啦。啊～你該不會忘光了吧？要再辦一次嗎？」

「啊！差點忘了有這件事！放心，講習的內容我還沒忘……大概吧……」

來到這所學校以後遇過太多超乎常理的事，記都記不完啊！明明大學時期那個用功的我就能記住很多東西……！

「所以呢？」

「就算妳這麼說……」

問題籠統成這樣，我該從何答起呢。

面對悔恨是什麼意思？前一個學校的事？就算是，那也都過去了……而且她說過無法控制時間……！

嗯……是某種比喻嗎？

「……假如，有機會重頭來過，我大概會試著去面對吧。」

現在的我，知道自己以前有哪些缺點。

與這所學校的學生相處後，我學到——依靠身邊的人、認真與他人對話、尊重對方的意思等，覺得理所當然，卻做得不確實的事。

「呵呵！這樣啊，老師變堅強了呢～」

「……真的有就好了。」

我還是對很多事沒有自信。

在溝通上完全處於被動，因此希望以後能把話說清楚，以免造成誤會。

如此思考的我，開始想持續在這裡生活下去了。

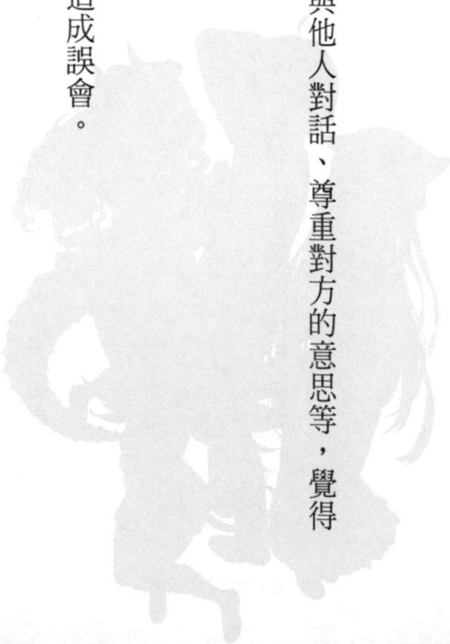

厭世教師與赤誠真心

MISANTHROPIC TEACHER IN DEMI-HUMAN CLASSROOM.

因手機鬧鈴而恍惚睜眼的瞬間，我心想：「啊，今天說不定會下雪。」

今天很不一樣，冷得令人渾身一縮。我關掉鬧鈴拿起手機，把頭頂到腳尖都用棉被蓋住。螢幕上的時鐘顯示上午六點。熟稔地點擊螢幕，輸入大學時代的機車車牌號碼解鎖，頂著依然迷糊的腦袋啟動氣象應用程式。

「啊……真假。」

現在氣溫是零下二度，已經在下雪了。

第三學期從今天開始。

＊＊＊

「來，人間老師請用。」

「謝、謝謝。」

溫暖從送到我手上的杯子滲入掌心，瞬時緩解緊繃的冰寒。

好暖和啊……撲鼻的微苦中帶有淡淡香甜，這是——

「天氣冷嘛，我就先給大家都沖一杯了。今天是容易入口的咖啡歐蕾喔。」

「星野老師，謝謝關心。」

我看著杯中柔和的米黃色，慢慢附口啜飲。香甜圓潤的滋味令人不禁嘆息，鼻頭一熱。該怎麼形容這種安全感呢。

自從去年聖誕節，就沒喝過星野老師這款極品咖啡了。

「昨天還暖暖的，今天突然就下雪了，嚇一跳呢～」

「就是啊～」

還以為要再過幾天才會下呢。是因為環境靠山，天氣容易變化嗎？

「啊，雪老師也要咖啡歐蕾嗎？」

「哇～！太棒了！謝謝你！我喝嘍！」

「也給我來一杯。」

「晴香老師啊，請用。」

剛進辦公室的早乙女老師，和保健室的烏丸晴香老師也加入喝咖啡的行列。烏丸老師平常難得來辦公室，運氣不錯。

「呸咕啾！」

「晴香，妳打噴嚏好誇張喔。」

「會嗎，還輸給妳吧？」

「我哪有那麼誇張！」

烏丸老師和早乙女老師感情不錯的樣子，互動起來像學生一樣，令人莞爾。女人是不管幾歲都能那樣對話嗎，太可愛了吧。

這部分就先說到這裡。

「……星野老師，實際上是怎麼樣？」

「嗯……不予置評。」
「咦咦！星野老師好過分～！不是我自誇，我真的很不怕冷喔！」
見到早乙女老師驕傲地挺著胸說這種話，星野老師臉都綠了。
「……妳昨天喝了多少？」
「啊，那個……一升？」
「早點改掉喝酒取暖的壞習慣比較好喔。」
「咦～唔……好喔。」
在星野老師面前，早乙女老師總是有點孩子氣。
現在也是不太服氣的臉。
「喂～不要在工作場所打情罵俏啦～」
「啊，晴香老師，對不起喔。」
「嗯，適可而止的話，也不是不能放過妳喔。」
「呼哈！」
若只論資歷，完全是星野老師在上，烏丸老師卻笑得比他更跩。不過大概是個性討喜什麼的，大家都不排斥烏丸老師這樣做。應該是因為氣氛輕鬆吧。
「人間老師，你在笑什麼啊？」
「哈哈，不好意思。」
「——好，閒聊就到這裡，今天也要認真工作喔。」
「就是啊！今天第三學期開始，而且還下雪了，是很好的兆頭喔。我也會拿出幹勁的！」

「啊，我差不多要去補貨了。悟老師，謝謝你的咖啡。走啦。」

「好～不客氣。」

烏丸老師叫星野老師也是用名字加敬稱啊……

烏丸晴香是個有點奇特的老師。她是校長的女兒——可是長相和校長完全不一樣。她會像校長那樣有特殊能力嗎……

啊，說到這個。

忘記對大家說新年快樂了。

注意力全被雪和咖啡搶走，忘了現在是新的一年。隨著年齡增長，對季節更迭的感想也變得稀薄，漸漸在意起自己的衰老。沒有啦，我才三十歲而已……才三十歲……

我登上階梯，前往三樓的高級班教室。

現在爬起來是沒什麼，以後會愈爬愈辛苦吧。我就這麼擔心著現在根本沒必要的事，來到教室前拉開了門。

「老師，新年快樂～」

「喔，大家新年快樂。」

「零老師！今年我也喜歡你！請多指教喔！」

「好，謝謝。」

「不要一過完年就在那邊傻笑啦，很難看啦。」

「我哪有啊。」

「老師，今年也請多指教喔！」

「彼此彼此。」

「老吱～！新年快樂啾～！壓歲錢直接換成物資就好了啾！」

「誰會準備那種東西啊！……喔不，等等喔。」

「咦！真的有啾？耶～！好在有問啾！」

對，雖然不是現在給，但我的確有東西要給她們。

「下星期就要宣布畢業作業的題目了，這裡有些事要先通知。」

「這麼重要的事不要說得那麼隨便啦啾～！」

＊＊＊

——就這樣，今年又到了畢業作業的季節。

作業和去年一樣，由校長個別面談後宣布。

時間在預告後一星期——也就是今天的第一節課。

學生依序前往校長室，下課時間愈來愈近。

在教室等候的其餘學生有的自習有的午睡，自己做自己的事。現在是根津在面談，下一個龍崎就是最後了。

「……啾～～～！好重啾～～啊！」

一片寂靜的教室響起活潑的聲音，激起莫名的緊張。

「萬智……」

「咿！右久美對不起啾！不小心說出來了啾！」

到了第三學期，右左美變得更加緊繃。由於她是一年前才改變出路目標，成績說實在有點勉強。而且去年的大幅扣分，使得她今年不僅畢業作業需要拿滿分，還要設法額外加分，否則連畢業都有問題，狀況是雪上加霜。現在，我就是在講台上看著她拿考古題自習。

右左美煩躁地瞪了根津一眼，然後大嘆一聲，無力地說：「……算了，趕快坐下啦。」繼續做她的題目。

根津似乎想對右左美說些什麼，但大概還是覺得現在別吵她比較好，便慢慢地回到自己座位坐下，將手上的大紙袋「咚」的一聲擺在桌上。聽起來好重，到底裝了什麼啊。那就是根津的作業嗎？

龍崎與她交班，前往校長室。在離開教室之際，她與看著她的我對上眼後甜甜一笑，接著——

給我一個帶媚眼的飛吻。

然後快步往校長室去了。

啊……就當作沒看見吧。

＊＊＊

「大家拿到什麼樣的作業啾！為什麼只有萬智帶這麼大的東西回來啾！」

「我才想問咧，那是什麼啦？」

「這是金繕工具組啾。」

「金繕……？是嗎？」

「沒聽過呢，那是什麼意思？」

「就是修補破損餐具的技術啾。萬智的作業是『金繕實習』啾！裡面還有裝破掉的碗啾！」

「咦，還有這種作業喔？」

從沒聽說過。我都是覺得餐具破了就丟掉，直接買新的就好呢……

「萬智也是第一次聽說啾～右久美是什麼作業啾？」

「右左美是『寫信給高級班全班』啦。」

「咦～！右久美的作業太簡單了啾！這種的兩～～～～三下就能寫完啾！不公平啾！」

「瞧不起人啊？隨便亂寫會沒分數啦。」

「說得也是啾。」

「感覺好欠揍啦……那一咲是什麼？」

「啊嗚……！我是『十篇小說、漫畫、散文等著作的心得報告』……唔！」

忽然被點名的尾尾守答得很慌張。咦，連漫畫都可以啊。

「那有指定作品嗎？」

「有、有。校長給我清單……從《源氏物語》、卡夫卡的《變形記》，到《哈利○特》和《蝙○俠》，範圍很廣。」

「從古典文學到美漫都有，真的很廣耶。」

我算是書看滿多的，涉獵範圍也沒那麼廣。古典文學更是只會在課本上看的感覺。

「啊，也有老師好像會喜歡的戀愛喜劇輕小說喔。」

「妳對我是這種印象嗎！」

是不會排斥沒錯啦！

「零老師喜歡怎樣的戀愛喜劇呢……！」

「咦，這個嘛……我喜歡主體是閃亮亮的青春故事，用多一點搞笑來調味。這樣看得也比較順。」

「原來如此……又學到一件事了……」

「龍崎是什麼作業？」

「我的是從後天開始『替舍監寮子阿姨代班十天』。」

「真假？好像很辛苦的樣子。」

羽根田走向龍崎。

寮子阿姨平常會做些什麼樣的工作呢？

「呃，就是在宿舍煮飯……這樣？」

「寮子阿姨的工作才不止那樣呢～要照顧初級班同學、打掃洗衣，出問題也都是她在處理～」

「問題？」

「嗯，例如洗澡沒有熱水，協尋失物等很多雜務。」

「真辛苦……」

每天都要做這些事啊……可以了解寮子阿姨在這所學校有多偉大了……

「我做得來嗎……」

從羽根田那聽說寮子阿姨的業務內容後，龍崎的尾巴不安地蜷縮起來。

「花梨一定沒問題～加油喔。」

「小帷……謝謝！嗯，也對，當作以後跟零老師結婚做準備！」

「人間，你會希望太太當家庭主婦嗎？」

「呃，並沒有啦……」

其實平常很少有機會聊到這裡來，想都沒想過……

「是這樣嗎？不過我不管什麼都願意挑戰看看！所以零老師，我會好好加油的！」

「好、好的……」

無論動機為何，有鬥志都是好事，這裡就先別深究了。

「那小帷是什麼樣的作業呢？」

「我是『製作手工樂器』喔。」

「手工樂器是怎樣的？」

「不曉得耶～」

「現在開始想啾？」

「是啊。」

「好像也不簡單……」

「嗯，可是──我很期待喔。」

羽根田這句話使教室氣氛輕鬆不少。多半是讓擔心做不好作業的學生，多了點樂在其中的餘裕吧。

那是我做不到的事。

因為羽根田帷是站在學生的立場，才能改變她們之間的氛圍。

就這樣，今年的高級班畢業作業季開始了。

＊＊＊

到了這期間，一般課程幾乎都上完了，每天主要是處理畢業作業。

今天是第一天，羽根田用鋸子嘎吱嘎吱地鋸著一大塊厚木板。

「妳想做什麼？」

就像星期天木工一樣，而且很正式。

「做吉他，我想仿製一把Les Paul的電吉他看看。配線和用來檢測的器材都已經訂嘍～」

「這樣啊。」

都是音樂專有名詞，聽不懂。

「吉他感覺還滿難做的。」

「不知道耶。不過我一直都很想做做看，感覺很好玩。」

我看羽根田有一半……不，完全是按照自己的興趣來選作業。

她一面哼著歌，一面滑動她的鋸子。

「啾～～～～～！這會不會太麻煩啾！」

根津的金繕作業要用到漆，聽說碰到皮膚會有紅腫的危險，便穿上手套圍裙澈底做好防護。光是怎麼處理漆就很麻煩了的樣子。

「萬智！吵死啦！」

「啾～～！小帷鋸木頭的聲音應該比萬智吵吧啾！」

「帷是在做作業，沒關係啦。」

「偏心！偏心啾！老吱覺得呢！」

「咦……？啊，先問一下，根津作業做得怎麼樣？」

「萬智的工具組是傳統的金繕工具組，好像從頭到尾都要用漆啾。現在剛結束第一步，把碎片的斷面上完生漆啾。然後要放到漆室裡保存，需要控管溫度和濕度啾。真的有夠麻煩啾！」

「哼～好像在培養細菌一樣。」

我大學別系的朋友也做過類似的事。他是理科生，為了培養某種細菌，每天都花很多時間在維持器材的溫度與濕度上。研究室裡的微生物好像地位比人類還高，理科真夠可怕。

「這樣啊啾。培養……原來是這樣啾。」

根津如此低語之後，拿瓦楞紙箱默默做起簡易漆室。大概是按下專心開關了，目前是沒問題吧。

先前和根津拌嘴的的右左美正在與數學問題集對抗。她因為入學考和畢業課題日期重疊的關係，還請考試高手星野老師替她排了時間表，分成作業日和念書日，而今天是念書日的樣子。

尾尾守一直靜靜地看她的書。手上的書到處是五彩繽紛的標籤貼，不知顏色是否代表不同分類。

龍崎捧著一本筆記看，很苦惱的樣子。後來聽說，原來是寮子阿姨有事要離開學校十天左右。在龍崎上學的時間，烏丸晴香等女老師會幫忙分擔宿舍工作。

學生們都在苦戰中各自努力呢。

真虧理事長和校長每年都能在題目上玩那麼多花樣。

＊＊＊

出題後一週過去，今天午飯後的第五、六節課是作業時間。

羽根田用送來的木材切好吉他組件並做完表面處理，正在最大的吉他面板上挖洞。方方正正的木板愈來愈像吉他，真厲害。見到器物的製作過程，總會令人想到身邊種種理所當然存在的東西都是某人製作出來的，不禁一陣感慨。看著羽根田製作吉他，我心中有種像是進工廠見習的興奮。

「老吱～～～！你聽萬智說～～～！花梨好過分啾！拜託你說說她啾～～～！」

「拜託喔，萬智！跟零老師告狀太奸詐啦！」

「咦！發生什麼事了！」

看著羽根田製作吉他發呆時，根津突然發神經。是她們在畢業作業上起了衝突嗎？

「再這樣下去就沒得添飯了啾！」

「……啥？」

到底是什麼意思？

「沒辦法，預算吃緊！規則就是這樣定的！」

「花梨的工作不就是包括調整這個嗎啾！動不動就說規則怎樣……花梨是黑心法務官啾！代官大人要大發雷霆，萬智的肚子要變巴別塔了啾！」

「時代跟詞彙混得亂七八糟啦！」

這表示根津就是這麼急嗎……

「你們都不懂弱者的心情啾——！根本絕對君主制————！！！！」

「是、是怎樣！我也是——」

「吵死啦！！！！！！！」

怒吼和書本敲桌子聲，使教室立刻安安靜靜。

聲音的主人右左美呼吸急促地低著頭。

「右左美……」

聽我一喚，右左美才赫然回神，緊繃的臉逐漸崩垮。

「啊，對、對不起啦。」

「呃，那個，萬智太吵了，對不起啾。」

「我也是——呃，一咲！」

龍崎所望之處，尾尾守抱著書縮在教室角落，眼淚流個不停。

「啊嗚嗚……！我、我沒事，就是那個，嗚嗚嗚……有、有點嚇到而已……唔！」

尾尾守急忙擦眼淚的模樣，看得右左美臉色愈來愈青。

「——都是右左美的錯啦。」

自言自語似的吐出這句話之後，右左美的臉猛然一歪，緊鎖眉間忍住淚水後，就這麼跑出教室。

「右左美！——啊，抱歉！今天自己下課就行了！」

遠處似乎傳來羽根田喊「ＯＫ～」的聲音。

「會不會太快！」

我看見右左美跑下階梯，便追過去。

仔細想想，現在其他班級還在上課，在走廊喊右左美恐怕會變成公開處刑，讓其他班級知道我們這出事了……雖然已經叫過一次，但我相信這應該蒙混得過去！

總之先一路下到一樓，卻再也不見右左美的影子。四處看了看，也沒有外出的跡象。為保險起見，我還看了鞋櫃，而鞋子仍在裡面。

「不會吧……」

「——人間老師。」

在我垂首頭痛時，烏丸晴香老師來到我背後。

「哇……烏丸老師。」

「烏丸老師，妳有看到右左美嗎？」

「右左美同學在保健室啊，我還是問過她才過來的咧，覺得你會擔心就先把你帶過去這樣。」

「謝、謝謝……」

她一樣是個缺乏緊張感的人，但現在我卻因此稍微鎮定了點。

我就此跟隨烏丸老師來到保健室。繼去年羽根田那次，這是第二次。

右左美蹲坐在病床上，用被子蓋住了頭。

「右左美……」

我的聲音使她的耳朵抽動一下。

「……右左美好差勁。」

右左美無力地低語起來。

「急得快瘋掉了，動不動就生氣，還把一咲嚇哭了啦……」

看她失去平時的強勢，使我一時不知如何開口。

「右左美同學，妳要喝檸檬水還是綠茶？」

「……綠茶。」

「OK～人間老師呢？」

「啊，我也一樣。」

「了～」

烏丸老師晃到保健室窗邊，用快煮壺燒起水來。

我和右左美之間的氣氛依然凝重。

「……還在上課就突然跑出來，對不起啦。」

沉默之中，右左美先開口向我道歉。

「右左美變成打亂上課秩序最多的人了。」

「哎，沒關係啦。」

「什麼沒關係啦？」

右左美用眼睛責怪我隨便說說。

「……因為我知道每個人都會有跟別人處不來的時候嘛。」

「就是啊～」

托盤上有三個茶杯。烏丸老師將綠茶遞給我和右左美。

「茶很燙，小心喝喔～」

「啊，謝謝。」

「謝謝老師……」

「喝點熱的，心情會平靜一點喔……這是跟悟老師學的啦。」

的確像是星野老師會說的話。

「烏丸老師跟早乙女老師和星野老師交情好嗎？」

「還好，普普通通吧。」

只是普通啊……從稱呼和距離感來看，還以為他們挺親近——不過烏丸老師是校長的女兒，說不定從小就是在學校看這些老師長大的。

「茶很好喝。」

「那就好。」

「……回教室以後，我會跟大家道歉。」

「喔，我也沒管好班上秩序，對不起。」

「嗯，知道就好啦。」

「好，看來是平復些了。」

我也知道右左美說話大多是在逞強。但既然右左美希望我認為她恢復了，我也很樂意順她的意。

「右左美同學。」

在自己桌邊喝茶的烏丸老師對右左美出聲。

「我是不知道發生什麼事了啦，不過很高興妳到保健室來休息喔。我都會在這裡，有需要隨時歡迎來找我。」

「烏丸……老師，謝謝。」

「叫我晴香就行了。」

「晴香。」
「很好很好。」
「晴香怎麼會想當保健室老師？」
右左美的問題使烏丸老師想了想，緬懷著過去般望向窗外。
「我——是想提供一個能躲避的地方。」
「能躲避的地方？」
「對呀。我在這間學校已經很久了，有時候就是會出現幾個努力過頭的學生。」
「不要看右左美啦！」我不禁往右左美看，卻被她瞪回來，看得烏丸老師都笑了。
「反正，能待的地方是愈多愈好——啊，也隨時歡迎人間老師來坐喔。」
「咦。啊，謝謝……？」
答完話的同時，下課鐘響了。
「右左美要回教室啦。」
「好～慢走～」
淺笑著揮手的烏丸老師，真的是個氣質特異的人。

第五節下課時的走廊上，到處是往來的學生與教師。
使我們在返回高級班教室的路上並不顯眼。
能從敞開的門看見班上的樣子——啊，和羽根田對上眼了。
「回來啦～」

「回、回來了。」

相較於若無其事的羽根田，右左美顯得很僵硬。

「羽根田，不好意思。把教室交給妳管。謝謝。」

「右左美也對不起啦。」

「嗯～？我沒關係喔～」

羽根田一派輕鬆地擺出ＯＫ手勢回答，讓我好放心。啊啊，雖然這次是突發事件，但還是有太依賴羽根田的感覺，要改進……

「右久美！剛剛對不起啾！」

「萬智……」

根津注意到我們，也跑過來低頭道歉。

「萬智，右左美才對不起啦。」

右左美也向根津低頭道歉。

「那個，萬智後來跟花梨講過了啾！以後可以添飯了啾！」

「對呀，不過條件是要幫我打掃餐廳……小彗，剛剛對不起喔。」

「沒關係啦，花梨。右左美才對不起啦。」

教室瀰漫著溫馨的氣氛，看來大家都和好了。

「對了，小彗……有件事想問妳一下，那個……妳和零老師出去那麼久，是到哪裡去啦？」

龍崎不時偷瞄我，假裝隨口問問，但明顯很在意的樣子。

「哇，有夠麻煩。人間，交給你啦。」

「咦咦！」

「零老師！」

臭右左美，還以為乖一點了……！

唔……！真沒辦法，今天就不跟她計較吧……！

在我被龍崎問得七葷八素時，右左美都在和尾尾守說話。

為突然大吼、動不動就罵人，和嚇到她道歉。

尾尾守始終溫和地聽她道歉，最後說：「謝謝妳說出來。那時候只是有點嚇到，我還是很喜歡右左美同學。」和樂收場。

＊＊＊

大概是因為右左美昨天爆炸過，今天的作業時間每個人都比較收斂，在適度的緊繃中做作業。

羽根田在組裝不知哪部分的電路。大概是……電吉他的機械部分吧。我對樂器一竅不通。組電腦時有做過類似的事，不過當時是請懂電腦的朋友線上教我，我自己對電路的知識與一般人沒什麼不同。她動作還真俐落……

尾尾守還是一樣安靜讀書，桌上書堆的標籤愈貼愈多。大概是想全部看完再一口氣寫完吧。我心中閃過一絲不安，怕這樣負擔反而大，卻又覺得是自己多慮，決定先看看情況。

右左美今天是寫畢業作業。

視線不經意對上。

「……怎樣啦？不要盯著人看啦。」

「進度怎麼樣？」

「這根本就不是該出給右左美的作業啦……寫東西的應該給一咲才對啦……」

「就是為了讓妳克服不擅長的事才出給妳的吧？」

「不要認真回答牢騷啦，現在不需要那個。右左美自己也知道啦。」

被她連嗆的我心想平常最會認真回答的就是她，同時也為她完全恢復正常，又是那個難搞的小丫頭而鬆了口氣。羽根田說的「人性」就是指這部分嗎？我好像漸漸懂了。這麼說來，右左美已經很有人性了吧……

她依然是繃著一張臉，寫了幾行又作廢，如此反覆。

根津現在來到等漆乾的階段，說她無事可做。金繕需要管理溫度與濕度，便將工具組帶回宿舍做，所以現在在自習。

前幾天碰巧遇到千結，就順便問一下根津作業的狀況，而她爆料根津現在很疼那個碗，出入房間都會跟它打招呼。

看來是當寵物一樣照顧。

龍崎依然在其他教師的協助下辛勤打理宿舍的一切。宿舍是男性止步，我無法直接視察，但能從學生口中——尤其是初級班學生，聽說龍崎的優秀表現。譬如「一開始我也會怕龍姊姊，可是她晚上會陪我睡覺喔。」或「煮的飯和寮子阿姨一樣好吃。」等。

她現在在做針線活，好像是縫補初級班學生做出非人行為而弄破的衣服。

雖然辛苦，龍崎仍憑藉著她的毅力努力完成作業。

＊＊＊

過了一個週末，時間來到星期一。

今天是龍崎作業的最後一天。

在這個即將放下重擔的日子，她卻表現得十分不捨。

羽根田也在做收尾工作，不時嘎吱嘎吱地調整吉他表面。她的吉他是單純的木製吉他，老實說真的很帥。

「嗯，好。應該可以了！」

做完最後的調整後，羽根田將吉他接上放大器。

「妳真的做出一把吉他啦啾！」

「哇，好厲害喔！」

「木紋超帥的啦。」

「我是第一次親眼看到電吉他呢！」

高級班學生不知何時都圍到羽根田身邊。

「那我就先來調音嘍～」

羽根田撥撥每一根弦，轉動像螺絲的部分調整音階。我只聽得出升降，完全不懂哪條弦是哪個音。

「嗯，可以了吧。」

調完音之後，高級班學生們不約而同給予熱烈掌聲。

「小帷，不如唱首歌來慶祝一下啾！」

「帷，吉他是做好了，可是妳會彈嗎？」

「一點點啦。現在還在上課，我唱安靜一點的歌。放大器就不接了吧。」

羽根田拔下吉他接線。純吉他的聲音刷刷刷地，聽起來很新鮮。

那是首輕柔的歌。有點粗糙的吉他配樂，反而有種烘托了曲中柔情的感覺。

羽根田真的很會唱歌。

只唱個一小段就改變了周圍的氣氛。

「嗯，感覺真的不錯～謝謝喔～」

「羽根田的歌真的唱得超棒的。」

「真的？嘿嘿，謝謝老師！欸，老師會彈吉他嗎？試試看好不好？」

羽根田將吉他拿到我面前。

「我、我沒碰過樂器耶！」

「好啦好啦，摸一下就好。說不定會很好玩喔？」

真的嗎……

不過看到羽根田彈那一下，的確是讓我產生了點興趣。我小心翼翼地接下吉他。

這可是她的畢業作業，說什麼都不能弄壞。比想像中沉重許多，是因為木造嗎？我抱起來隨便撥了一下弦。

澎～

「哇……」

撥出聲音的感動使我不禁驚嘆。哇塞，吉他是這種感覺啊。我只有一時好奇，用電腦程式稍微碰一下音樂而已，幾乎沒碰過真正的樂器。能奏出音樂的只有音樂課學過的直笛。

「羽根田……妳好棒喔……！」

「嗯？」

「會做樂器真的很厲害耶。」

我怕弄壞，很快就還給羽根田。

「嘿嘿～謝謝喔！那我去跟校長交作業了～」

羽根田說完就離開教室，往校長室去。

今年也是她第一個交畢業作業。

可是話說回來……

「會彈樂器真的好帥喔……」

「零老師喜歡會樂器的女生嗎？」

龍崎不知何時來到我身旁。

「呃……會的東西愈多，愈值得尊敬嘛。」

「原來如此……又上到一課了！謝謝零老師！喜歡你！」

「……唔！呃，謝謝喔。」

差點被龍崎不時投出的直球告白砸中，在千鈞一髮之際閃過。

右左美低喃：「敗壞風紀啦。」不太高興的樣子……

儘管經常抱怨，右左美仍會在念書的空檔寫寫信，寫得還算順利。桌上已經堆起幾個信封。

「右左美也滿努力的嘛。」

「……還好啦，作業派下來就是要做啦。每天都在做這種事的一咲根本就是被虐狂。」

「咦咦！有這種事嗎……！」

「尾尾守，不要當真喔。」

我姑且對有可能當真的尾尾守提醒一句。

「每個人的痛苦都不一樣啾～」

「那萬智做的怎麼樣了啦。」

「就等妳問這個啾～！萬智在照顧的『洽碗碗』今天要進行最後一個步驟了啾！」

「啊？洽碗……？什麼啦？」

「洽碗碗，萬智在照顧的洽碗的名字啾。」

「第一次看到給茶碗取名字的人……」

「哎呀，我說零老師，其實人類經常給器物取名字喔。」

「是嗎？」

「對呀，像以前就有王子什麼的給自己的武器取名字。」

「大概就是一樣道理啾！」

應該不一樣吧……儘管這麼想，可是多嘴也不好，便留在心裡了。

「哼～萬智也會珍惜東西，不錯啦。雖然名字有點怪，不過洽碗碗應該很高興啦。」

「啾～！就是啊啾！萬智好期待用洽碗碗吃飯啾！你們看！現在萬智的手機鎖定畫面就是千結跟洽

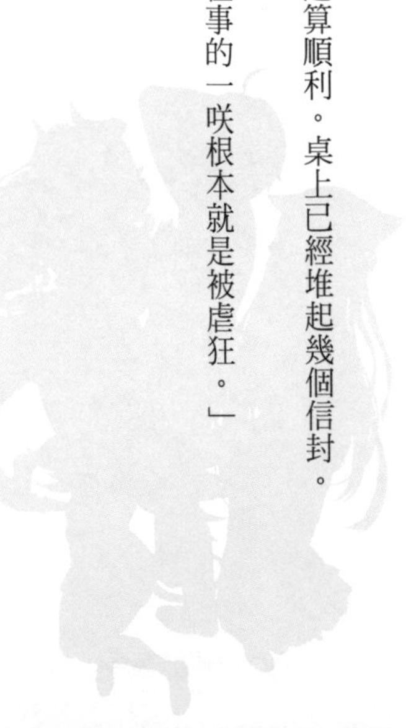

碗碗啾！」

根津展示的鎖定畫面中，千結在一口小碗旁比V字手勢，背景像是宿舍房間。

真的有夠溺愛的。從根津雀躍的模樣來看，似乎是非常期待今天的施作。

她的作業多半也會在這一、兩天就結束了吧。

感覺今年跟去年不同，大家完成作業的時間會很接近。

不過尾尾守還在苦戰的樣子。

每一本的感想限制在兩千字以內，但她就是整理不好。

不管怎麼寫，字數就是會多一倍。尾尾守說，寫少了就是不對，寫到這個情節，就會想提一下那個情節……猶豫到最後，變成現在這種狀況。她會先寫個草稿出來，為決定如何取捨而反覆閱讀，對作品的理解也愈來愈深。類似所謂的推敲。

當今天的作業時間結束，下課鐘聲響起時，有人敲響高級班的門。

——來了嗎。

學生們都是一臉問號的樣子。

「來了。」

我就此過去開門。

門後是幾個初級班學生。

「打、打擾了。」

隊長樣的學生微微敬禮，進入高級班教室，其他學生也隨之入內。

「咦？妳們不是……」

初級班學生毫不猶豫地走向龍崎，隊長將手上的禮物袋捧到她面前，大口吸氣說：

「花梨姊姊，謝謝妳這十天的照顧！」

「謝謝花梨姊姊！」

其他學生跟在隊長之後向龍崎道謝。龍崎一時間慌了手腳，姑且先收下他們給出的禮物袋。

「謝、謝謝？」

突發狀況使得龍崎不知如何反應。初級班學生見到龍崎收下禮物袋，帶著完成一項大事的臉，歡呼著匆匆離開高級班教室。

整個過程像是女校學生送情人節巧克力給心儀的學姊。

「她們是怎麼啦……」

「花梨，她們送什麼給妳啾？有種甜甜的味道啾……！」

龍崎動手解開剛收下的禮物袋，裡頭有個小盒子。慢慢打開一看——

「啊，這是——」

盒子裡的是彩繪餅乾，畫的是龍崎。

「哇～！好可愛啾～！這個萬智也不敢討來吃了啾……」

其實上個星期五，初級班學生曾經來問我，能不能在龍崎替舍監代班的最後一天，也就是星期一的放學後，給她們一點時間向龍崎道謝。我當然二話不說就答應了。

「她們……突然要我教她們做彩繪餅乾，當時還覺得奇怪……」

原來是為了這個。龍崎寶貝地將盒子抱在懷裡。

儘管宿舍不是我看得見的範圍，但我相信龍崎一定把舍監的工作做得很好。

手上的餅乾，就是無與倫比的勳章。

＊＊＊

隔天，已經完成作業的羽根田和龍崎悠哉自習。

右左美今天是念書日，一整天都抓著問題集猛寫。大概是考期將至，她的煞氣比平時還要重。

右左美的考試是從本週末的聯考開始，而她的志願是難度相當高的國立大學醫學系。當天要在別館的視聽教室單獨應試。據說是理事長和人類社會裡和學校有關的有力人士居中協助，才得以用這種方式應試。

在畢業作業的時段外，右左美總是像這樣找考古題來解。放學後還會到數學準備室，請美國大學第一名畢業，本校腦袋第一好的星野老師個別補習，精益求精。知道這件事以後，平常會泡在數學準備室休息的我也不敢去了。

由於出路方向在去年才急劇轉向，右左美也拚了命地念書。

現在的我除了守望她，什麼也不能做。希望會有好結果……

根津也在自習，不知道她的作業是否完成了。以她的個性，應該會將完成品大肆炫耀一番再交給校長，可是……

「根津，妳作業怎麼樣啦？」

「啾！」

……擺出明顯是出事了的臉，讓人差點笑出來。

「啊、啊——很快就會交出去的啾！」
「妳完成了嗎？昨天不是說已經是最後一步什麼的……」
「嘖，你怎麼還記得啾……」
「別咂舌啊。」
「那妳怎麼還不交？」
「最後一步失敗了嗎！」
為什麼要打馬虎眼，難道是——
「沒禮貌！洽碗碗已經漂亮完工了啾！」
「那妳怎麼還不交？」
「啾……！」
還有其他生物像她這麼適合「唔唔唔」的狀聲詞嗎？
根津額頭上冷汗直流。現在是冬天耶。
「因為，要是交出去了……交出去了……！洽碗碗就不會回到萬智身邊了啾！」
「根津……！」
根津含淚的泣訴使我大受震撼。
她真的那麼寶貝那個碗嗎……
「所以……所以萬智想把洽碗碗在房間裡擺到最後一天再交出去啾！這樣在那之前，萬智就能陪洽碗碗——」
「咦～？那種的可以拿回來吧～」
「真的嗎啾！」

「五年前也有人接到那種作業，給校長打完分數以後就拿回來嘍～」

「原來是這樣啾？……嗯嗯嗯，就算校長有意見，拿出這個前例來也比較容易說服啾……謝謝小帷啾！這樣應該可以啾！搞～什麼！白擔心了啾！萬智明天就拿去給校長打分數啾！」

先前的眼淚不知上哪兒去了。根津瞬間破涕為笑，笑嘻嘻地開始自習。

無論以前是否有過這樣的作業，羽根田都那樣說了，就表示最後可以行使理事長權限把作品還給根津吧。

恭喜喔，根津。可以用洽碗碗吃飯了。

尾尾守似乎整理得差不多了，現在忙著潤色，斟酌恰當的比喻。話說明天是滿月的日子。

辣妹尾尾守會對現在尾尾守的作業有何感想呢？

＊＊＊

「呀哈哈！有意思～！小一咲好會整理喔～！欸～！《源氏物語》有那麼亂嗎？人際關係跟午間劇有得比耶，笑死～！咦～不過還滿深奧的啦！一咲好像喜歡末摘花喔～！專情萌的感覺？」

「妳怎麼會知道午間劇……」

「在社群網站上看到喜歡的模特兒有演出以後就開始看了！」

「這樣啊。」

為了宣傳，選角也很重要呢。

「啊！還有《蝙〇俠》和《哈利〇特》耶！是說西洋電影的原作？一咲好好奇這個喔～！小一咲太

厲害了！一個人整理這麼多出來喔！真老實耶！」

真的……

尾尾守在這次作業上沒做過引人注意的事，就只是認真面對必須做的事。那些報告也是尾尾守努力的成果。

我也簡單瀏覽過一遍，發現她這種表達想法的文章寫得更好了。

「真的超天才的！啊，貼一個『一咲喜歡這裡』好了！」

辣妹尾尾守一邊說，一邊在報告上貼花俏的便利貼。

啊，那是尾尾守昨天為怎麼整理煩惱很久的地方。

「話說這個寫得很好耶！根本裝滿了小一咲的優點嘛。如果小一咲可以畢業就好了……畢業以後，一咲要跟小一咲一起去電影院，看這本書的電影！不然平常都是在學校看藍光或電視重播……欸～！右小美會看電影嗎？」

「什……右左美沒在看電影啦。」

今天是右左美的寫信時間。和問題集時段不一樣，氣氛變得很鬆散，比平常的右左美還鬆。是念書太累了嗎……

「這樣啊……話說右小美今天很沒精神耶！怎麼了嗎？」

尾尾守，膽子也太大了吧……！

「一咲……」

被尾尾守擔心地摟著肩的右左美真的是累垮了的樣子，簡直是剛出洗衣機的布偶。表情恍惚的右左美忽然想到什麼似的猛然睜大眼睛，從書包裡鄭重地取出一只信封。

「一咲，幫右左美做作業啦。」

「咦！是一咲，不是小一咲？」

「就是妳。右左美的作業是『寫信給高級班全班』啦。」

「……這是說一咲也算在全班裡面？」

「……？當然的啦。」

見到右左美不敢相信她這麼問的態度，尾尾守用力咀嚼起這句話。

尾巴霍霍霍地左右搖擺，耳朵往後攤平。

「右小美～～！」

「哇！幹嘛啦！不要貼這麼近啦！」

尾尾守抱起右左美，不停蹭她臉頰，讓人看得心裡都溫暖起來了。班上流淌著溫馨的氣氛。

「一咲，坐下啦！」

「汪！」

「很會嘛！」

右左美一催，尾尾守就笑呵呵地擺出手放膝蓋的乖孩子跪坐。右左美見狀哼了一聲，將手上信封交給尾尾守。

「右左美寫文章沒有一咲那麼厲害，請多包涵啦。」

「哎喲，信又沒有厲害不厲害的！咦～！好高興喔～！太棒了！欸～可以現在看嗎？等不及啦！」

「呃，這、這個嘛……信都給妳了，什麼時候看是妳的自由啦。」

「好耶～！謝謝！」

尾尾守純真的喜悅，似乎緩解了右左美的緊張。

接著她打開信封，小心地取出總共四張信紙，慢慢地一行一行看下去。

右左美坐立難安地在旁邊看。其他高級班學生對右左美的信也很好奇，根津更不只是偷瞄，完全是盯著看。

讀到最後一張信，看得出尾尾守的不捨，愈讀愈慢。最後，她徐徐眨動微泛淚光的雙眼，往右左美伸手。

「右小美——！謝謝妳！說一咲平常都是笑哈哈，別人有困難時還是會去擔心，而且很自然，不會讓人不舒服等等，感動死一咲啦！原來一咲在右小美眼裡那麼棒啊！咦？啊，糟糕～！都忍得很用力了耶，慘了慘了！這種的是要一咲怎麼不哭啦！哇～！開心死啦，右小美……！」

「哇！就說不要貼那麼緊了啦！」

「一咲也超～喜歡右小美！雖然能見面的時間很短，但還是會關心一咲，連作業的信都沒忘記寫，超感動！謝謝妳，右小美～～！」

「哼！這麼吵的人，想忘也忘不掉啦！」

「咦～！那一咲以後還要繼續吵～！」

尾尾守這麼嬌羞的樣子，也讓右左美樂在心裡。

「嗯～我也好期待右左美的信喔～」

「帷不要提高難度啦……」

「一咲好感動喔！右小美！」

還沒完成畢業作業的，還剩尾尾守和右左美。

不過看樣子，她們都能在期限內結束。

＊＊＊

高級班最後的考生右左美終於考完，作業期限也進入倒數階段。

右左美和星野老師表示，聯考部分有達標的把握，可是前期考試在及格邊緣而已。

「——人間。」

「啊，右左美？怎麼啦？」

正好在想著她的時候找上門來，讓我有點嚇到。

「信都寫好，也送給大家了……這是最後的信啦。」

她將一只信封交給我。

「給人間的啦。」

「給我？」

「高級班全班，當然也包括人間啦。右左美才不會被這麼明顯的陷阱題騙到。還有……這個。」

右左美又拿出信封。

「給寧寧子的啦。右左美有點不知道需不需要寫給寧寧子，可是她也是今年……這個學年度的學生啦。所以……」

信封上貼了個小小的貓咪貼紙。是右左美特地挑的吧。

「謝謝喔，右左美。我先替妳保管這封信。」

「哼，拜託嘍。」

該把信交給黑澤嗎？

晚點問問理事長好了。

我注視手上的兩只信封。一只有黑貓貼紙，一只素色。

沒想到我也會收到右左美的信。

我對自己是否成了陷阱題有些疑問。但假如我是右左美，而事情也跟她猜的一樣，那自己八成會上當。一般說全班，很少會包含教師嘛。學生的校園生活，又幾乎是由學生組成……而事實上，那才是健全且正確的形式。

收到右左美的信，龍崎驚喜地說：「我是第一次收到信耶。感覺小彗就在信上一樣，好開心喔！」尾尾守很高興地說：「右左美同學說話不會刻意去修飾，可以很直接地感受到妳的用心和溫暖，我好喜歡！」羽根田微笑表示：「右左美把我跟妳自己都看得很清楚呢。我覺得妳的好勝心是一個很棒的優點喔。」根津則興奮地逗弄了右左美一陣子：「啾呵呵～！右久美～～！原來妳是這樣看萬智的啾～～！討厭啦！其實右久美超──喜歡萬智的吧啾～～！」又突然沉默不語，淚珠一顆顆掉下來。

「萬智！妳突然哭什麼啦！」

「萬、萬智同學！不要哭嘛！妳哭成這樣，我會……嗚嗚，害我也哭了啦……唔！」

「咦，不要把一咲也弄哭好不好。我自己也在忍耶……！」

「什！連花梨也哭了？……帷！人間！糟糕了！快來救人啦！」

右左美在眼淚流不停的根津、尾尾守和龍崎身邊不知如何是好的樣子，感覺非常新鮮。

「耶～右左美把人弄哭了～！」

「什！帷！太難聽了啦！」

「就是說啊！右左美同學好壞喔！」

「居然連一咲都說這種話！」

「因為小彗平常很嚴厲，信卻寫得很溫柔嘛！」

「就是啊啾！是怎樣啾！傲嬌都只剩下嬌了啾！講優點也講得太誇張了啾！右久美純真過頭了啾！妳的看法都是那麼美好的嗎啾！太容易相信每一件事啾！這樣……簡直是比萬智自己還喜歡萬智嘛！」

「萬智妳要哭還是要生氣選一個啦！」

「那萬智要生氣啾～～！」

「怎麼選那個啦！」

根津就此撲向右左美，右左美用盡力氣想推開她卻推不走。尾尾守和龍崎兩個一直在旁邊哭得唏里嘩啦。

啊啊，這是什麼情況。不過，這一刻就是所謂的幸福吧。我心裡某個角落，希望這樣的吵鬧可以永遠持續下去。

「老師看過右左美的信了沒？」

羽根田不知何時站在我身邊。

「還沒耶。」

「你不看嗎？」

「我想回宿舍再看。」

「咦～怎麼不現在看？」

「不要，我怕我也會哭。」

「呵呵！說得也是！」

我對右左美在信上寫了什麼一點頭緒也沒有，只知道，我一定會哭。學生寫信給我的殺傷力就夠強了，何況還是右左美的信。而且從學生的反應來看，是猛挑優點出來講。嗯……說得客氣點，絕對會哭。

「啊，對了。她還有寫給黑澤喔。」

「喔～右左美很有心耶。那晚點就要幫她送一下了。」

羽根田的視線彼端，右左美仍和根津吱吱喳喳吵個不停。

結果就是不打不相識那種吧。感覺上，她們倆其實是一對不錯的搭檔。

一旁的龍崎和尾尾守已經不哭了，正在對話。

「——那一咲的作業也快好了吧？」

「對。雖然我不敢保證有確實說明作品的魅力，不過先前一咲誇了我很多，給了我一點自信……她的建議，也讓我在猶豫的時候更能相信自己的判斷了……」

「哇，太棒了！」

啊，尾尾守的作業也要完成啦。

我瞄一眼尾尾守的課桌。上頭堆放著大量書本和筆記。

真虧她能在這麼短時間看完那些書……而且每一本要寫兩千字感想……我一開始對那有多累人沒什麼概念，就只是覺得很辛苦而已。現在實際看到那一大堆書和筆記，才明確感受到那不是一般人做得來的事。

如果只認識尾尾守膽小的一面，或許會覺得意外，但她其實是個很有專注力和毅力的人。一進入自己的世界，就看不見其他東西了。

「看過右左美同學給我的信以後，我覺得自己可以更努力了。右左美同學，真的很謝謝妳！」

「哼，一咲趕快把作業寫完啦。一咲文筆這麼好，一定可以的啦。右左美掛保證啦。」

「好！」

聽了右左美的鼓勵，尾尾守顯得鬥志高昂。

答得笑容滿面的她回到自己座位，繼續寫作業。

已經是進入一人世界的臉了。

筆頭又開始舞動起來。

「——寫完了～！」

下課前五分鐘，尾尾守按下最後一個釘書針，趴在桌上。

「小咲！辛苦了！真的好努力喔！」

「花、花梨同學，謝謝……！」

「辛苦啦～」

「幹得好啦。」

「一俏好厲害啾！」

「妳、妳們……謝謝妳們……」

先前專注得生人勿近的尾尾守，現在像是關機了一樣軟趴趴的。哎呀，能夠堅持到現在，真是太厲害了。

「尾尾守，辛苦了。妳真的做得很好。」

「老師……」

成功完成作業的安心感，使尾尾守弱弱地笑了。

「欸嘿嘿，謝謝老師。」

「嗯，實在太厲害了。能整理出那麼多書的報告真的很不容易，是一件很值得驕傲的事。只剩下交給校長了吧。」

「哇！對喔！還以為這樣就結束了呢……！」

「不急不急。距離期限還有很多時間，慢慢來就行了。」

「唔唔……我、我馬上交去校長室。」

尾尾守取出書包裡其他報告，與剛完成的報告整理在一起。

「小咲，都好了嗎？有沒有忘記帶的？」

「我看看……一、二、三……應、應該沒問題。」

「太好了啾～」

「咲，校長應該在校長室，趕快去吧～」

「謝謝帷同學。」

尾尾守抱著紙疊，在出門前說聲：「我馬上回來。」隨即便前往校長室。

「一咲一直都很努力，希望她能拿高分啦。」

「就是啊。」

不僅是尾尾守，我希望每個人都能得到好成績。

尾尾守出發後幾分鐘，下課鐘響了。

同時高級班的門「砰」一聲打開，一團黃色物體突然跳進教室。

是校長，尾尾守跟在後面。

「高級班的同學～！Congratu～～～lation捏～～！！！！」

不知在嘹亮什麼的聲音刺進我的耳朵。離他最近的尾尾守也「呀！」地小聲尖叫。

既然校長現身，就代表——

「好的，校長這邊確定收到所有同學的畢業作業了捏！然後經過長時間的嚴正審查，已經決定滿足畢業條件的學生了捏！」

說什麼長時間，右左美和尾尾守的作業才剛完成，而且右左美的信是私人性質，根本無從審查吧！

——但仔細想想，校長有未來視和千里眼的能力，說不定早就藉此決定誰能畢業了……錄用我也算是靠未來視決定的……

「本年度的畢業生——」

校長誇張地豎起食指。

——……繼去年的水月之後，今年也只有一個人畢業嗎？

這事實說明了想從這所學校畢業有多困難。

教室裡所有人都在等校長下一句話。

「這個人比誰都認真、替人著想，對自己的喜好義無反顧。即使心中有許多的迷惘和苦惱，也始終『同心協力』地手牽著手走到這一步。這位活潑善良的學生學會了珍惜自己，並且在畢業作業中，透過古今東西的著作學會怎麼用語言和文字來『表達』，也就是更準確地說明自己的想法或感情。」

校長的話，使全班視線聚集在一人身上。

「——根據上述評價，本年度的畢業生是尾尾守一咲，以及尾尾守一咲，妳們兩個揑。」

非人學生與
厭世教師

人間老師，可以替我們找出希望嗎……？

厭世教師與巡禮的彗星

MISANTHROPIC TEACHER IN DEMI-HUMAN CLASSROOM.

高級班的畢業作業和最後一場考試都平安過去，今年度的結尾已近在眼前。

剩餘時間改成自由到校，班上學生很少到齊。尤其是尾尾守要為新生活做準備，需要整理行李什麼的，忙碌得很。

龍崎還是老樣子，受到這幾天右左美的刺激後，也寫信給我。內容是需要分好幾天看的高密度超甜情書，令人難為情得不得了……不過我還是很高興。

右左美的信，我當天回宿舍就看了。一點都不可愛的文體，寫出她的溫柔，平時校園生活的快樂，值得珍惜的人增加的喜悅，為去年擅自離校把我捲進來道歉，也感謝我願意冒險帶她去見木崎女士。

然而這樣的她，從校長宣布考試結果那天起，一直顯得悶悶不樂。

這也難怪。今年右左美因為去年的停學，以及難以補回扣分，無法畢業，而且考試也差一點點就合格了。

接到這消息時，就連右左美也受到了不小的打擊，整天不說話。

現在也是在教室望著窗外發呆。

薄薄的雲，慢慢地飄過藍天。

＊＊＊

「人間，當右左美的郵差啦。」

「什麼？」

有一段時間不曾和右左美對話了，結果——郵差？

「右左美寫作業的時候順便給小彗子寫了一封信，幫忙送一下啦。」

她給出的信封上，貼了大波斯菊的貼紙。

「右左美也很想自己去，可是沒能畢業啦。所以——要請人間替右左美送信。」

右左美無力地微笑。

「……去上個香啦。」

是寂寞與緬懷從前交雜的語調。

「右左美……」

我是很想幫，但決定權並不在我。

這所學校環境特殊。例如可以接收社群網站的資訊，然而不能發訊。

「……能不能送，要先問過校長才知道。信可以先放我這嗎？」

「知道啦。其實右左美也不抱希望，不能也會接受……只能這樣啦。人間，謝謝啦。」

而校長回答，這次只要他確定信中內容沒問題就可以送，而我也立刻將信交給校長審核，得到了准許，並一道請教木崎女士的位置。距離三個縣，在假日可以勉強當天來回。

右左美聽我這麼說之後安心微笑，小聲說了：「謝謝。」

***

今天很晴朗，好久沒離開結界了。

感覺穿正式一點比較保險，所以在假日穿了西裝。上次出結界是幾時啊……年底回老家那次嗎？父親在上個學年度屆齡退休，我也離家了，於是兩人相處的時間變得很多，母親經常帶他出去遊山玩水的樣子。難得回一次家，發現玄關處多了很多不知哪來的紀念品。父親是個木訥的人，我不知道他們玩得愉不愉快，可是母親給我看的照片上，他表情都很享受。

我一邊這麼想，一邊購買新幹線車票。

車站也令人懷念。新幹線月台我很少去，不過這裡是距離我過去服務的高中最近的車站。時間過了四年左右，當時的學生不知過得如何。如果大學能應屆畢業，今年就要成為社會新鮮人了。假如進的是職校，說不定已經是獨當一面的社會人士。

時間之下，眾生平等。我拿著右左美的信看了看。信封與給我和其他學生的信不同，沒寫收件人，緘封處也黏死了，只有靜靜平躺在信封上的大波斯菊貼紙顯示這封信的要旨，給人強烈印象。

聽說木崎女士原本是北方人，因為結婚才搬來關東。我前往的即是她老家附近的站，再搭二十分鐘公車即可抵達目的地。

喜悅與悲傷，都不是永無止境。

我在前一所學校度過的時光，右左美與木崎女士共度的時光和此時此刻，也都是如此。

在陌生的車站下了新幹線之後，要直接轉乘公車。我藉車站地圖確認，走向公車站。距離不遠，走走就到了吧。

「——啊，不好意思！」

「咦？」

向我搭話的人，穿著像是職業婦女。氣質開朗大方，年紀與星野老師相仿。

「請問你是當地人嗎？我有點迷路……」

「啊……」

我雖然不是當地人，但既然對方有困難，聽聽也無妨……

「妳是要往哪邊走？」

「那個，我在找這個地方……」

迷路的女子將顯示著地圖的平板電腦拿到我面前。

咦？這不是——

「家母去年一月過世了……我今天是來掃墓的。可是我平常都在國外，上次來是家父那邊的親戚帶路，之後就沒來過了。人生地不熟，真的很頭痛……」

說來也巧，她平板上顯示的目的地，就是我要去的墓園。

＊＊＊

「哎呀，這樣啊。你是代替學生來見見她的恩師啊。」

「對呀，就是這樣。」

「那位學生也很想自己來上香吧，真是辛苦她了。全科都差點就及格，還要把整個春假都花在補習合宿上。」

右左美，請原諒我這樣說。

「已經到學生放春假的時候啦～」

這也是謊話。儘管有點過意不去，但為了製造右左美不能來的理由也只能這樣。

而既然我們要去同一個地方，自然就上了同一班公車。

不知為何，她還坐我旁邊。

「說什麼都要把信交給恩師啊，真是太浪漫了。她一定是個很有禮貌的好孩子——啊，叫我Sae就行了。」

「Sa、Sae小姐。」

是綽號嗎，還是姓佐伯(Saeki)之類的？或是名字？住國外都這樣嗎？Sae小姐近得恰到好處的距離感，使我疑惑都寫在臉上。

「我的名字是家母取的，我還滿喜歡的，寫起來也好看。『紗』是糸字邊加一個少的紗，『彗』是彗星的彗，紗彗。」

是名字啊，好少見的寫法。彗星的彗……呃，不會吧。

「的確是很棒的名字呢。」

「就是啊……雖然家母在世時，我老是跟她吵架，現在怎麼想都只有開心的事。」

說完，紗彗小姐望向綠意漸濃的窗外景色。

＊＊＊

「這座墓園比想像中大好多……不曉得要找多久……」
「對呀，要在沒來過的墓園找陌生人的墓，真的滿難的。」
「就是說啊。我只有問過大致位置而已……」
大致位置是借用校長的力量找出來的，實際位置還是得自己找。
嗯……只能從大致位置一個一個看過去了吧。
「那個，就當是答謝你帶路，讓我幫你找找看吧？」
「咦？可以嗎？可是——」
「再說，要是幫助我的人有困難，我卻視而不見，家母會罵我的。」
紗彗小姐快活地笑道。都這樣說了，我也不好拒絕。
「不好意思喔……那我就接受妳的好意了。那個，位置在B1區這邊，姓木崎……」
「咦？」
紗彗小姐錯愕地看著我。
「木崎……？那位學生的恩師該不會叫做木崎健一吧？」
「不，木崎彗子。」
「木崎彗子就是我剛說的家母。」
「咦！」

先前聽到她的名字時，我是有過這想法，但覺得不會那麼巧……結果紗彗小姐真的是木崎女士的女兒啊……

「為什麼……喔不，世界真的很小呢。那麼我來帶路，這裡的路我還記得。」

紗彗小姐就此領著我前進，和車站那時反過來了。

木崎家的墓地，比該區任何一處都還要氣派。

「爸、媽，好久不見。」

紗彗小姐在墓前問安，我跟著深深鞠躬。

來是來了，可是我真的該留在這裡嗎？

迴避一下比較好吧……

「那個，紗彗小姐，謝謝妳帶我過來。我就不打擾了，去那個休息室等一下再來。」

「不會不會，真的不打擾！謝謝你替我著想，那晚一點再請你跟我聊聊那位學生的事吧。」

不停互相鞠躬之後，我退到墓園裡的休息室等候。休息室外設有吸菸區，裡頭有幾張沒靠背的大沙發，和三台香菸跟飲料的自動販賣機，非常簡易。

屁股一坐上沙發，許久不曾與陌生人對話的疲累一下子湧了上來。

啊啊……原來我這麼緊張啊……

本來就不擅長與陌生人對話了，而且立場也頗為怪異。接受歸接受，代替學生來上香仍是個奇怪的狀況。儘管沒做任何虧心事，還是怕惹來紗彗小姐的反感。唉……都進休息室了，就好好喘口氣吧……

於是走到販賣機前，買了小罐咖啡。

這兩年來，每當遇到困難就會一邊喝星野老師的咖啡，一邊請教他的看法，養成了喝咖啡緩解緊張的條件反射。

我心想著好久沒買罐裝咖啡了，拉開拉環。最近的罐裝咖啡很好喝，但還是比不上星野老師沖的。可以感受到那滋味和香氣鎮靜了我的心靈。

啊，不如也幫紗彗小姐買一罐吧……不，喝陌生人給的飲料太恐怖了，我就不會收。嗯，算了吧。

我一口一口喝著咖啡，回到沙發。

右左美在信上寫了什麼呢？

內容是校長審核的，我什麼都不知道。

想著想著，休息室的門緩緩打開了。

「人間先生，不好意思，久等了。」

「啊，哪裡，別這麼說。我才不好意思，根本是外人。」

「那個，你去送信的時候，我是不是留在這裡比較好？」

「都、都可以。」

「好，那我就留在這裡。」

紗彗小姐說完就去販賣機買汽水和菸。

原來她會抽菸啊。

我就這麼和她換班，前往木崎彗子女士的墓地。

＊＊＊

木崎家的墓經過清掃，比一開始乾淨多了。墓碑擦亮，供了鮮花上了香，還有杯小小的水。有那麼一瞬間，我後悔自己應該留下來幫她掃，不過這似乎有點太多餘，何況都已經過去，就不多想了。

「……木崎女士，幸會。我是右左美的導師，人間零。」

我深深鞠躬，說道：

「今天我是來代替右左美，把她心裡的話告訴您的。右左美每天都很努力念書，和班上同學互相扶持。在我這個導師看來，她是個非常勤奮的人，也是個懂得敬重他人的學生。她給了我一封信，要轉交給您。」

我從公事包裡取出右左美的信。

看著這個有大波斯菊貼紙的無記名信封，我為是否該開封唸出來猶豫了一會兒，最後和花跟水一起供在墓前。

我還是別看比較好。

這個內容僅限於右左美和木崎女士之間。

＊＊＊

「紗彗小姐，謝謝。」

隨後我回到休息室，她正在門外抽菸。

「人間先生，都跟家母說完了嗎？」

「啊，對，謝謝妳的幫助……那個，請問一下，這個墓園有規定供品要怎麼處理嗎？」

「供品？哦，公車上說的信啊。嗯……原本是要自己帶回去啦，如果你願意——我有個想法。」

紗彗小姐乾脆地在菸灰缸熄菸，走向木崎家墓地。

想法？她想做什麼？

我跟在紗彗小姐後頭。

一起來到墓前。

「就是這封信？」

「對，就是它。」

「大波斯菊……」

紗彗小姐拾起右左美的信，表情有點鼻酸。

「這位學生，真的很了解家母的樣子。大波斯菊是她最愛的花。這種花的花季在秋天，顏色和她從小寶貝到大的兔子布偶很像……可是那個布偶在幾年前不見了，讓她非常難過……」

——是右左美。不僅是木崎女士，紗彗小姐心中也有右左美的存在。

「人間先生，這樣做說不定其實不太好，可是——要不要把信燒給她呢？」

「燒給她？」

「對。這封信一定寫滿了對家母的思念，我很希望能直接送給人在天國的她。」

燒成煙，送到天國去啊。

「該怎麼辦呢……」

不知右左美會怎麼想。與其把信帶回去，她應該會以送給木崎女士為第一優先吧。

「人間先生，我覺得這樣最好。」

可是燒了感覺有點可惜，然而——

「那就這麼做吧。」

這裡還是尊重家屬的想法吧。

聽我這樣回答，紗彗小姐便取出先前用的打火機。

給信點了火。

紙一下就燒得劈啪響，化作輕煙升上天際。

伴隨著煙的焦香。

右左美的信就此全燒成灰燼，煙也在空中消散無蹤。

＊＊＊

我和紗彗小姐在回程公車上聊了很多。

她說自己有個快滿十四歲的女兒，父親那邊是當地有名的資產家，自己在國外當會計師，這次回日本是因為工作。母親有個看得比任何珠寶都還要貴重的兔子布偶，可是最後怎麼找也找不到。沒能讓母親把布偶帶進墳墓裡，使她遺憾至今。

、

我不能透露右左美的事，說了她也不會信。但還是想解開她的誤會，該怎麼做呢……

公車到車站了，紗彗小姐要在車站附近的旅館過夜，明天就要離開日本。我的末班車也快到了，要澄清誤會只能趁現在！

「——那個！」

下了公車，紗彗小姐在臨別之際被我叫住而愣了一下。

「那個布偶，已經被令堂送給我的學生了。去年——不，前年秋天去看她的時候收下的……所以，所以妳不用難過，布偶現在還活得好好的。」

紗彗小姐表情錯愕，見到希望似的看著我。

「你是說真的嗎……？」

「真的。」

布偶現在以右左美的身分，今天也過得很好。

「太好了……嗚！」

紗彗小姐像是再也忍不住長期壓抑的情緒，摀著臉蹲下來。

「我一直好怕自己一不注意就把布偶丟掉了……太好了……真的太好了……！」

她被罪惡感折磨了很久吧。紗彗小姐慢慢站起來。

「……對不起，失態了……那個布偶叫做兔美。那位學生可能已經知道了，兔美是個很愛聊天的孩子，要跟她多說一點話喔。啊啊……原來是這樣……謝謝。」

可以深刻地感受到右左美在紗彗心中也占了很大的地位。她和右左美——和「兔美」共度的時光，相信也是沒有任何事物能夠取代。

「很高興今天能夠遇見你，可以知道兔美在哪裡真的太好了。麻煩替我向那位學生打個招呼。啊，還有，如果不麻煩……」

紗彗從自己的提包裡取出一個小匣子——名片盒，取出一張遞給我。

「呃……？」

糟糕，我沒帶名片。

不過紗彗小姐並不介意的樣子。

「這裡有我的聯絡方式，請轉交給那位學生。如果有困難，或許我能幫上她一點忙。就算沒事，我也想找機會和她聊聊看……！人間先生，今天真的很謝謝你。」

紗彗小姐對我頻頻鞠躬。

她看起來是個行動直爽的人，基本上還是細心有禮，姿態很低的人。

真想趕快把見到她的事告訴右左美。

為了木崎女士，「兔美」每天都在學校努力。

很高興能解開紗彗小姐的誤會。

＊＊＊

假日過完，來到星期一。出這趟遠門使我腳部肌肉隱隱作痛。搬進學校宿舍再也不用通勤以後，可以感覺體力愈來愈差，說不定這樣很不妙。要是以後連進高級班之前這段樓梯都爬不了該怎麼辦。

「啊，右左美。」

「嗯？人間啊。」

上樓到一半，右左美出現了。從方向來看，是從圖書館往高級班教室的路上吧。

隨我上完樓梯，右左美也走過來。

「信有送給小彗子了嗎？」

大概是很在意，一開口就這麼問。

「有，送到了……而且還碰巧遇到紗彗小姐。」

「遇到紗彗了！她還是那個小屁孩嗎？」

「她在妳心中是什麼形象啊？」

「叛逆期的臭小鬼啦。」

紗彗小姐……和我對話時完全是個姿態很低的職業婦女，難道以前很不乖嗎……

「人間跟紗彗說了什麼啦？」

我如實對右左美說出紗彗小姐的近況和現在的樣子，以及我接受紗彗的建議，將信燒給木崎女士。

「紗彗還是一樣亂來啦，不過她還是有在為彗子著想，右左美很高興啦。」右左美笑著說道。

「——對了，紗彗小姐有給我她的聯絡方式。」

「咦，是可以告訴右左美的嗎……？」

「校長說，他會替妳保管到妳畢業。」

「這樣啊……」

右左美會想見見紗彗小姐嗎？

「知道啦。右左美會更加努力，趕快畢業去看長大的紗彗！又有新目標了啦！人間，謝謝你跟紗彗說話啦。」

「啊，說到說話，她還說兔美很愛聊天，要跟她多說一點喔。」

「……愛聊天的是紗彗和小彗子啦。」

右左美才剛往高級班教室走，忽然又回過身這麼說。

喔對，紗彗小姐的確說了不少……

「希望右左美也有一天能跟紗彗說說話。」

那自言自語似的低語，我沒漏聽。

右左美離畢業真的只差一步而已。

她也明白這點，所以最不甘心的就是她自己吧。

右左美的背影，似乎比平常小了些。

那背上的期待和悲傷，不知道有多大。

畢業典禮就快到了。

但願右左美畢業之後，真的能和紗彗小姐說很多很多話。

我將願望寄託在那小小的彗星上。

厭世教師與親愛的畢業典禮

MISANTHROPIC TEACHER IN DEMI-HUMAN CLASSROOM.

最先提出來的，是羽根田。

「一咲的畢業典禮，真的只需要一次嗎？」

三月上旬，接近滿月的時候，我們趁確定畢業的尾尾守為此做準備而不在時談起這件事。

「就是說啊。聽一咲說，畢業以後她們就要變成兩個人了啦。」

右左美說得沒錯，尾尾守畢業以後會變成兩個人類——一個人格一個身體。

「那既然這樣，就給一咲辦兩次畢業典禮嘛～」

「哇～！好棒喔！下次滿月是什麼時候？」

「四天後啾！畢業典禮是一個星期啾！」

「老師怎麼想？」

我當然贊成，可是四天有點趕。

「我個人是覺得非常好……可是地點這些的準備怎麼辦？」

「一星期以後的是學校辦的正式畢業典禮吧，那我們趁這四天在這間教室自己辦一個怎麼樣？」

「哎呀！真是好主意！感覺像婚禮耶！一場只有親戚的婚禮，和一場招待親朋好友的婚禮那樣，好棒喔！零老師喜歡怎樣的婚禮？」

「呃，我沒什麼朋友，所以說只有親戚的——喂，現在是在講畢業典禮吧！」

「呵呵，可以當作未來的參考呀！」

「花梨真的很會把握機會啾……！」

「受不了，不要岔開話題啦。趕快認真想一咲的畢業典禮要怎麼辦啦！」

「既然是自己辦，就辦成驚喜怎麼樣！」

「啊～我也覺得這樣不錯。驚喜啊……」

「在教室準備會露餡吧啾。」

「那用空教室怎麼樣？圖書館隔壁就有一間。」

就是尾尾守曾在滿月時拉我進去的空教室。那裡原本好像是電腦教室，但後來隨整體設備強化而移到了別館，現在成為專門存放多餘桌椅的空教室。

「空教室可以喔～就在那邊吧～」

「一咲去圖書館的時候好像會發現啦。」

「小咲這時候還會去圖書館啊？」

「說不定會有想查資料的時候啾！」

「這樣啊～那會議室呢？二樓樓梯旁邊那間。」

「的確也不錯啦。可是離辦公室很近，要顧慮其他老師……好玩又辛苦啦！」

「嗯……那哪裡好呢～」

全班悶頭苦想時，龍崎忽然有了主意。

「啊，那新視聽教室怎麼樣！」

「喔！不錯啾～！新視聽教室隔音還不錯，還可以用投影機，感覺很棒啾！」

「右左美也覺得不錯啦。」

「嗯嗯，那就這裡吧～我也覺得視聽教室最好，老師呢？」

「嗯，我也覺得不錯。先確認一下那天能不能用好了。」

「沒問題！謝謝老師～」

「啾呵呵！一俏的畢業典禮要怎麼辦啾！」

「要辦就辦得歡樂一點吧！」

「嚴肅的才有重要時刻的感覺，會比較認真啦！嚴肅的比較好啦！」

「兩邊都有優點呢～」

學生們為如何舉辦尾尾守的畢業典禮熱烈討論起來，親手製作感覺特別可愛。我得早點確認視聽教室的日程才行。就目前所知，應該還沒人預約，我們可以訂下來才對。

我也開始期待這會是怎樣的一場畢業典禮了。

＊＊＊

「大家最近對我好像比較冷淡耶。」

視聽教室的準備進入尾聲，尾尾守以外的學生這幾天都是放學後直接過去。尾尾守覺得不太對勁，在滿月前一天找我談這件事。

「她們最近一放學就不見了。我知道自己有很多東西要準備，沒什麼時間陪她們，可是……啊嗚嗚……可是她們的感覺跟平常不太一樣……想說她們是不是在躲我……嗚嗚……」

尾尾守沮喪得耳朵尾巴垂得低低的樣子，陣陣刺痛我的良心。

不是那樣的，尾尾守……！那應該只是在忙著為滿月那天的妳準備畢業典禮，找妳幫忙就不是驚喜了嘛……！所以絕對不是躲妳什麼的啦……！

——但心裡話說得再多，尾尾守都聽不見。

該怎麼辦呢？

為滿月的尾尾守辦畢業典禮，卻使得現在的尾尾守傷心落寞，感覺是本末倒置。就算照這樣辦完驚喜畢業典禮，滿月的尾尾守也高興不起來吧。

「妳剛剛說的，我可以跟她們說嗎？」

「咦？這……要是她們真的在躲我……嗚嗚……我恐怕會再也站不起來……」

「絕對不會有這種事。」

「真的嗎……？」

滿心不安的尾尾守含淚問道，而我可以保證，絕對不會。

「……那，嗚嗚……好吧。」

「謝謝，對不起喔。妳在這裡等一下，我馬上回來。」

「啊嗚嗚……好……」

眼神雖然懷疑，但還是有一半相信我。

我就此將尾尾守留在高級班教室，前往視聽教室。

應該全都在那裡吧。

就跟她們解釋清楚，請她們早點揭曉好了。

＊＊＊

「你說……視聽教室？」

「對，答案都在那裡。」

「唉……知道了……」

在視聽教室解釋過以後，我回到尾尾守等待的教室，帶她過去。

尾尾守不太懂這是在做什麼，還是乖乖跟來了。

「視聽教室，我只有跨年倒數派對的時候去過耶。」

「這樣啊。也是啦，平常上課很少用嘛。」

我也只有在理事長那次特別講習用過而已。

雖然會覺得什麼都有比較方便，可是沒有視聽教室也能過一般校園生活，或許真的沒必要。特殊活動就另當別論了——

「到了。」

「窗簾都拉著耶。」

視聽教室由於會使用投影機，靠走廊的窗戶也裝了遮光窗簾。

因而看不見內部狀況。

「那個……可以進去嗎？」

「可以呀。」

聽了我的回答，尾尾守慢慢開了門。門口的窗簾仍遮著裡頭的模樣。

接著她提心吊膽地拉開窗簾。

「一俏——！恭喜妳畢業啾————！」

「呀啊啊啊啊啊啊啊啊！」

一拉開，根津就跳出來。

根津撲上尾尾守，給她一個大——大的擁抱。

「一俏對不起，害妳擔心了啾——！」

「萬、萬智同學……？呃……」

尾尾守被根津的熱烈反應嚇住，仍弄不清情況。

根津馬上就撲過來，應該幾乎沒看到窗簾後面的樣子吧……

隨後，視聽教室裡的其他學生也到我們這邊來。

「一咲～對不起喔。明天不是滿月嗎？所以我們是打算幫另一個一咲辦畢業典禮啦～」

「就是啊。原本是想給妳一個驚喜，可是害妳擔心也不對，所以討論過後改成現在了。」

「一咲，恭喜妳們兩個畢業啦。」

她們終於拉開視聽教室的窗簾。

「哇……！」

裡頭和去年的體育館一樣做好了畢業典禮的布置，還用紙花和紙環加上簡單的裝飾。

裝飾比我先前過來時還多。

是我去帶尾尾守時加的吧。

「好棒喔！這都是大家替我準備的嗎？」

「欸嘿嘿！就是啊啾！」

「有特地裝飾得可愛一點喔！」

「普普通通啦。」

「右左美只是嘴硬，她自己也做得很高興喔。一直在問妳會不會喜歡。」

「帷！沒必要的不要亂說啦！」

「哈哈哈！抱歉喔～」

「妳們……」

尾尾守淚汪汪地環視視聽教室。

「太好了……好怕妳們是在疏遠我……」

「尾尾守……這裡每個人都很祝福妳，不用怕啦。我們都愛妳。」

「……是！謝謝大家！」

「不過呢，畢業典禮是明天才要辦啦～」

「其實……我也很希望能替一咲辦一場畢業典禮，所以……所以看到大家那麼替一咲著想，我真的好開心！」

「哼，不要搞錯啦。不只是明天的一咲，現在的一咲也很重要啦。」

「就是啊啾～！不可以忘記這件事啾！」

「右左美同學……萬智同學……」

「小咲，其實我好羨慕妳們兩個喔。妳們對彼此都是不可或缺，又都很重視彼此……真的好令人尊敬喔！所以，妳們兩個以後也要一起創造燦爛的未來喔！」

「花梨同學……謝謝妳！」

高級班自己布置的手工畢業典禮，就是明天了。

明天的尾尾守見到了，究竟會是什麼表情呢？

身旁的尾尾守，和班上學生一起幸福地含淚而笑。

＊＊＊

隔天，我們很早就進了視聽教室。

「滿月的」尾尾守站在門前，較平時安分許多。

話說得少，渾身上下都是緊張混雜著喜悅的氣息。

我們昨天就把流程表交給尾尾守了。

我在門邊守望著她。

「請畢業生進場。」

司儀由龍崎擔任。她聲音很嘹亮，正適合這個角色。

尾尾守雙耳一豎，小聲說：「哇，天啊！」緩緩踏入視聽教室。

「咦，是可以直接坐下來的？」

「是啊。」

她小聲詢問在門邊的我。

然後坐到唯一擺在教室中央的椅子上。

「現在頒發畢業證書。畢業生，尾尾守『一咲』。」

「有。」

尾尾守挺立而起，逕直上前。

「一咲，恭喜妳畢業。」

「謝謝小帷～」

羽根田扮演校長。老實說沒人比她更合適了。

「相信妳畢業以後，依然可以成功地當一個人類。我的眼光准沒錯。希望妳能走出一個沒有悔恨的美麗人生。」

「嗯，有小帷這麼說，一咲就安心了。改天我們一起用人類的樣子去吃好吃的甜點吧！」

尾尾守的答覆使帷一瞬間眼睛瞪大，然後想像了遙遠的未來似的，眼帶慈愛地微笑。

「嗯，改天一起去吧。」

羽根田就此將手上的畢業證書交給尾尾守。

微笑充滿自信的尾尾守，受到在場所有人的認同。

這場小小畢業典禮後半，在根津和右左美的相聲、龍崎的魔術和羽根田的歌曲點綴下，即使是學生手工布置出來的，也十分多采多姿。

＊＊＊

三月十日，這天是不知火高中今年的畢業典禮。
體育館同樣冷颼颼，設置了幾個煤油暖爐。
尾尾守站在校長身旁，直挺挺地動也不動，大概是太緊張了。
這讓我也有點緊張。能夠順利結束嗎……
典禮很快就開始了——

「——現在頒發畢業證書。」
今年也是早乙女老師擔任司儀，聲音依然是那麼好聽。
「畢業生，尾尾守一咲。」
「有、有……！」
尾尾守聲音顫抖地應答。
全校學生都注視著她。
尾尾守動作僵硬地走上講台。
「尾尾守一咲同學，Congratula～tion捏。」
「校長……」
「妳能夠畢業，是拜自己的努力所賜。這是沒人能夠撼動的事實。有妳這樣的學生，是我永遠的驕傲捏。」
「謝謝校長……！」
校長將畢業證書交到尾尾守手上。

春天的柔和陽光也予以祝福似的照耀著她。

＊＊＊

「噗耶耶耶耶耶耶！一俏要畢業了，好捨不得喔啾～～～～！」

「萬智！不要吵啦！」

「哪有什麼辦法！啾哇～～～～！」

「萬智同學……不、不要哭嘛……啊嗚嗚嗚……」

典禮過後，我對先回教室的高級班學生講了些下學年的事。告一段落時，尾尾守也回到教室裡——

根津開始大哭。

尾尾守也被根津傳染，眼淚掉個不停。

「連一咲也哭了啦！」

「沒關係啦，今天就讓她們哭個夠吧。」

「對呀對呀，小彗不會捨不得嗎？」

「什！這……是有覺得少了什麼啦。」

「右左美同學～～！以後看不到妳傲嬌的樣子了，感覺好寂寞喔～～！」

「重點是那嗎！」

看著學生們吵吵鬧鬧的過節氣氛，我心裡有點感傷。

再也看不見這個情景了嗎……

「老師！」

尾尾守叫住悄悄離開教室的我。

「人間老師，謝謝您這兩年來的照顧……！我心裡的一咲一直都是我的希望。她好帥氣……又漂亮……讓我好羨慕……所以，真的很謝謝老師替我們製造了解彼此的機會，謝謝老師在這個世界上找到我和一咲，謝謝老師……！」

「尾尾守……」

我眼頭一熱，用力忍住。

「我也謝謝妳。妳的行動和結果，都是自己的選擇，所以這都是妳憑自己的力量做到的。有這樣的能力，相信妳未來也能過得很好才對，要相信自己。祝福妳以後能有一段幸福的人生。」

「老師……謝謝老師的祝福……！」

「萬智也祝福妳啾！」

「我也是！」

「呵呵！謝謝大家！」

她們想說的話，應該說也說不完吧。

我注視著她們，退出了教室。

＊＊＊

照慣例，每年畢業典禮過後的酒會又開始了。

在酒精催化下，我又不由得感傷起來。

啊～繼去年水月之後，尾尾守也畢業啦……

畢業成為人類是每個學生的目標，我心裡當然更多的是祝福，但以後見不到她們還是會寂寞。教師年年都會留下，學生卻不是，會年年成長然後畢業，走上自己的路。

「咦？人類，怎麼沒在喝啊？來，姊姊給你倒酒。」

「啊，不好意──咦咦！為什麼！」

「哎呀，還記得我啊？」

什麼記得不記得，想忘還比較難吧。

「妳怎麼會在這裡啊──愛麗絲小姐！」

幾個月不見的女巫樣子完全沒變，在我身旁喝著酒。她是黑澤寧寧子的主人，目前住在結界中央的神社，和退學的黑澤研究魔術。她這是幹什麼啊……

「難得有機會喝酒就混進來啦，看起來滿好玩的嘛。」

「這、這樣沒關係嗎……？」

「沒～關係沒關係！我現在有用魔法，只有見過我的人看得見我──」

「……人間老師，她是誰？你朋友？」

「咦！」

還是看得見嘛！

不知道是魔法失敗還是被酒精減弱，星野老師對愛麗絲小姐略有警戒的樣子。

「咦，你──」

「咦，我？」

愛麗絲小姐猛然貼近星野老師。

「愛麗絲小姐，這麼接近有婦之夫不太好喔！」

「咦？這傢伙結婚了？」

「人間老師，這個人到底是誰？」

啊哇哇……該怎麼說才好呢……

「——愛麗絲！妳怎麼在這裡捏！」

校長～～～！

以前有哪次如此感激校長的存在呢？肯定沒有！

「哇，糟糕！」

這一聲之後，我也看不見愛麗絲小姐了。

而校長到房間角落，在半空中抓住了某個看不見的東西後說起話來。不是日語也不是英語，完全聽不懂在說什麼。

「呃……校長認識她？之類的？」

被單獨留在原地的星野老師從校長的反應察覺了部分情況。

「呃……對……可以那樣說……」

我不曉得該說多少，姑且含糊應對。

星野老師頻頻點頭，自個兒明白了些什麼似的。

「悟老師、人間老師，怎麼了嗎？」

「烏丸老師，這個……」

烏丸老師信步來到星野老師身邊並詢問，我一樣不知該怎麼解釋。

「嗯……好像是校長的朋友來玩了……」

星野老師先替我解釋。

「啊……了解。」

烏丸老師朝校長瞥一眼，表示領會。

「那個人只是嘴巴壞了點，還算人畜無害，不用怕啦……話說悟老師，雪老師已經喝光第六瓶了，感覺有點危險嘍。」

「咦咦！謝謝妳來跟我說！」

星野老師急忙趕到早乙女老師身邊。她正抱著日本酒瓶，一臉幸福的樣子。

「……愛麗絲是吧？」

「……」

是沒錯，但我真的能照實回答嗎……在釣魚怎麼辦？

「……呵，你也太老實了吧。一臉慌張的樣子超～好笑。」

烏丸老師低調地吃吃笑著說：

「不好意思，害你頭痛了。我知道愛麗絲現在住在我們家，不用怕啦。」

「咦，我們家是……」

「就是神社啊，只是我們現在沒住那了。哎呀～宿舍真的方便太多～水電都沒問題。」

在我觀念裡理所當然的設備，在她口中卻是方便……不過說得也是啦，方便是真的方便……不對，現在都什麼時代了！水電是現代社會理所當然的基本設施啊！

烏丸老師看起來很正經，卻有點與現實脫節的地方，挺有意思的。

因為是校長的女兒，所以先在那些設備出現之前就活了很長一段時間嗎……

「……呼，人間小弟不好意思，打擾到你們了捏。」

「啊，不會……」

校長回到我這裡。愛麗絲小姐那邊處理好了嗎？

「爸，愛麗絲來做什麼？」

「她想給她的貓吃點好東西，來偷飯的。」

「咦，她人還不錯嘛……」

做的事和根津差不多就是了。

「愛麗絲能用魔法變出蛋糕或餅乾，可是這些壽司和牛肉就不行了捏。」

「魔法也有限制啊……」

在我來看都很厲害啦，但看來魔法並不是萬能。

「哼～直接問不就好了。就是這種地方讓人討厭不了愛麗絲呢～真是卡哇姬～」

我知道喔，最近年輕人會把「卡哇依」講成「卡哇姬」……！烏丸老師還對愛麗絲小姐離開的方向比手指愛心說：「愛了。」

總之看起來，愛麗絲小姐依然很疼愛黑澤，我就放心了。

「啊，對了對了，剛剛愛麗絲還想去鬧悟老師喔。」

「……居然有這種事捏。」

啊，校長的神色變了。

「能拿來訓愛麗絲的材料變多了捏。」

真可憐……校長凶起來很恐怖。下次有機會，拿點壽司或肉去給愛麗絲小姐跟黑澤好了，她們會很開心吧。

再向理事長問問看好了。

這學年的高級班原本有六名學生，經過黑澤退學，尾尾守畢業，如今剩下四個。

儘管有些落寞，但她們都實現了願望。

邂逅與別離，總會在我們的生命中不斷反覆。

明年會是什麼樣呢？

又會有學生升上來嗎？

無論如何，身為教師的我都得誠心面對每個學生。

如果能在這過程中，找出足以相信未來的希望——

我是不是也能在自己的人生路上好好走下去呢？

非人學生與
厭世教師

人間老師，可以替我們找出希望嗎……？

尾聲

MISANTHROPIC TEACHER IN DEMI-HUMAN CLASSROOM.

今年的櫻花季又照常來到。

這片櫻花，不曉得見過多少次了。

我仰望盛開的櫻花樹。

心裡是有那麼些猶豫。

可是我相信老師一定能讓我見到——

足以相信未來的希望。

＊＊＊

呃啊————頭好痛——

在愛麗絲小姐來搗亂的酒會上，早乙女老師推薦她很喜歡的酒給我喝，害我喝多了。

酒的確是很好喝，符合她的推薦，但愚蠢的我完全是用不考慮明天的方式在喝，簡直是初嘗酒味的大學生……好想大聲呼籲，喝酒一定要記得等二十歲以後，在了解自己能耐的狀況下喝。

而且今天理事長還找我過去做週年面談。

啊啊，我這樣行嗎，會不會一身酒臭……已經吃過薄荷味的涼糖和噴點除臭劑應應急了……至少能安個心吧……

我敲響理事長室的門。

「請進～」

自從和羽根田談出路那次，我就沒進過理事長室了。門一開，就感到裡頭溫度還是那麼熱。

「好久不見。」

「是嗎？昨天才見過吧。」

那是羽根田的外表。我在心中補充。

「我們就直接開始面談吧。」

理事長離開辦公桌，來到靠房間中央的沙發。

「老師坐啊，站著做什麼。」

「這方面的禮貌還是要顧一下吧。」

「哈哈，也對。你不嫌麻煩啊？」

「麻煩啊。」

「是吧～？不用注重那種事啦。」

「可是禮貌是出自尊重對方啊，麻煩也還是要注重一下。」

「……你跟右左美有點像耶。」

「是嗎？」

「嗯。有時候不知道在固執什麼，還有老是在顧慮別人。」

「……那是巴南效應吧？」

「被發現了。」

「喂。」

羽根田不怎麼正經地進入正題。

「──話說，你對一咲畢業有什麼感想？」

「覺得有點落寞，不過那是她應得的。她比誰都還腳踏實地在累積分數，雖然沒有特別出色，但就是那樣樸實無華的努力才累積成今天的成果。」

其實尾尾守去年就只差一點點而已，只因為學力測驗分數不夠，又做出非人行為遭到扣分才錯過畢業。而今年學力測驗達標，且完全沒有違規，再加上校長為她的畢業作業打了高分。

尾尾守能畢業，的確是長時間老實積攢分數的結果。

「嗯嗯，而且一咲的畢業標準，其實比其他學生還要高呢。」

「是啊……」

沒錯。尾尾守選擇的是成為兩個人。滿月的尾尾守原本就是人類，而這裡總歸是高中，滿月的尾尾守也要在有限的時間裡接受學力測驗。

所幸她們所見過的事物是兩者共通，不需要重教考試或課程內容，不過她們的強項和弱項卻是各自分開。

平時的尾尾守擅長文科，滿月的尾尾守則偏理科。弱項科目若不做重點補強，會拿不到分數。就這點來說，兩位尾尾守真的是夠努力了。

「尾尾守什麼時候會變成人類？」

「後天喔。」

「進入人類社會以後，是設定成雙胞胎沒錯吧？」

「對喔～同卵雙胞胎『尾尾守一咲』和『尾尾守一咲』，戶籍上一個是漢字，一個是平假名。行政上應該是沒問題，所以就OK了。」

「這樣啊。」

一咲今年春天就要進入她志願的私立文科大學就讀。那裡有我們高中的推薦名額，所以在去年秋天就已經決定好了。另一個一咲則是要讀美容專科學校，各自往不同方向同時起跑。

「好期待喔。真希望她們能走出精彩的人生。」

「就是啊。如果她們協助彼此去創造只屬於自己的人生就好了。」

尾尾守她們從小就看著彼此長大，說是姊妹也沒錯吧，何況未來是以雙胞胎身分生活。

或許是因為我是獨生子才這麼想吧。往後的人生中，說不定會有某個轉折拆散她們。但在我的想像裡，她們仍能保持會在對方遭遇困難時出手相助的關係。

「這一年怎麼樣？」

理事長淡淡地詢問。

回想起來，今年也發生了很多事。龍崎對我告白、和根津尋找千結、見到校長的能力、露營、黑澤回到愛麗絲小姐身邊、知曉學校的過去、好像多認識了理事長一點、右左美寫信給我、尾尾守畢業。

「……這一年來，我又學了很多。像是柔弱也有其必要、其實周遭的人比想像中更願意支持我、夏天的流星很美、要有主見。然後，如果心裡有話，趁能說的時候說出來比較好。」

還有就是認識了很多自己以前不太會有的情緒——這想法在腦裡晃了一下，但還是別說了吧。

「呵呵，這樣啊。那最後——」

理事長輕輕閉眼。

接著慢慢睜開，看著我說：

「老師，你喜歡人類嗎？」

去年也問過同樣問題。

記得去年是回答：「我雖然討厭人類，但也覺得維持現在這樣也不錯喔。」

現在又如何呢？

理事長帶著看不出想法的笑容，等待我的答覆。

「我討厭人類。」

對，我還是無法喜歡人類。

可是——

「——可是，感覺比起去年，我能包容得更多了。」

無論是對別人，還是對自己。

今年的答覆，也讓理事長很滿意的樣子。

***

「下學年會有中級班學生上來嗎？」

「有喔～還會來一個新老師喔。」

「真的嗎！」

去年沒有新教師，好期待啊。

不曉得這位得知這所學校的真相時會是什麼反應。起先會像我一樣無法相信吧，可是看著看著，會逐漸明白這是現實，和自己的常識抵觸。嗯嗯，我都懂。會得到這所學校錄用，就是喜歡奇幻世界的人吧。不曉得能不能和他聊遊戲呢～

也有可能是早乙女老師那樣的畢業生回鍋。這樣會想問問看學校當時的事，和他當時的目標。

「會是怎樣的人呢……」

「嗯？要看資料嗎？」

「可以嗎！」

「哇，很有興趣喔～」

大概是我比自己想像中還要興奮，不小心大聲了點。

有點難為情。

理事長在半空中叫出火團，從裡頭取出一張紙。

「為什麼不會燒起來啊……」

「我也不知道，就是那樣啊。」

該不會理事長的火不是火吧。在我懷起這無謂到極點的疑問時，理事長將剛出爐的紙遞到我面前。

伸手拿了，她卻不肯放。

「……？結果還是不能給我看嗎？」

「不是。然而，勸你先做好一定的心理準備。」

「什麼意思啊？」

「我是打算讓這位老師擔任高級班的副導師。」

原來如此，所以和我相處的時間會很多吧。可是有必要這樣賣關子嗎？

「準備好了嗎？」

「好了。」

是要準備什麼啦，真的這麼誇張嗎？

我擔心自己帶不好的同時，也為多了個能和我一起努力的教師而高興。幸好這裡的前輩都很照顧我，萬一怎麼了還能拜託他們協助。嗯，下學年一定沒問題。

「是喔？那就看吧。」

理事長放開資料。那是一張履歷表。

——是我見過的名字。

瞬時想起來到這所學校之前的事。

那是我忘不了的名字。

履歷表上的照片，比印象中成熟了些。

我最後見到的表情，是滿懷怨恨的哭臉。

也認得履歷表上的字跡。

沒錯，這個平假名的「KA」是她獨樹一格的寫法。

——她交給我的筆記本。

——都會風的深靛色學生外套。

——格子裙。

——履歷表上那所高中的校舍。

——那個冬日的教室。

全都閃現在我的腦海。

為什麼是她？

是我在這學校過得太愉快的報應嗎？
是在懲罰我老是蠢蠢地笑嗎？

——春名未來。

這位新教師，就是四年前因我而退學的那名學生。

後記

大～家～好～！我是作者来栖夏芽。

人間對不起，害你難過了！……所以說，還會有第三集！好耶～！這全都是因為喜歡這故事的各位的支持，非常感謝！

那麼，第二集感覺怎麼樣呢，希望大家能樂在其中。其實字數比第一集還多，使得後記只剩一頁的篇幅。

這次插畫、角色設計，同樣請到泉彩老師擔綱。而且有三個新角色，以及不知火大人的外觀也解封了！快看！超讚！兼具華麗、高雅和可愛的花梨。活潑可愛，表情豐富的萬智。充滿神祕感，擁有無比決心的寧寧子，與富有成熟魅力，又神似羽根田的不知火大人……！

每一個都栩栩如生，在泉彩老師的筆下擴展作品的世界。真的非常感謝。

而且這次的店舖特典（註：此為日本版的特典）中，一樣也有平時很照顧我的諸位繪師參與！

ふーみ老師，感謝您畫出對比和角色搭到不行的女僕裝萬智和寧寧子。ようか老師，感謝您畫出氣氛寧靜，非常療癒的小帷和寧寧子。さくらしおり老師，感謝您畫出亮麗又可愛活潑的小惡魔萬智和右左美。ななかぐら老師，感謝您畫出充滿女孩氣息的花梨和一咲。最後再一次感謝泉彩老師畫出會讓人心裡揪一下，湧出憐惜和懷舊的浴衣版右左美和一咲！這次真的非常感謝各位！

另外，本集部分篇章同樣使用三主題形式，各位如果能樂在其中我會很開心！

感謝各位看到這邊，我們下集再見！

二〇二二年八月吉日　来栖夏芽

龍崎花梨

▼ 来栖夏芽想像圖

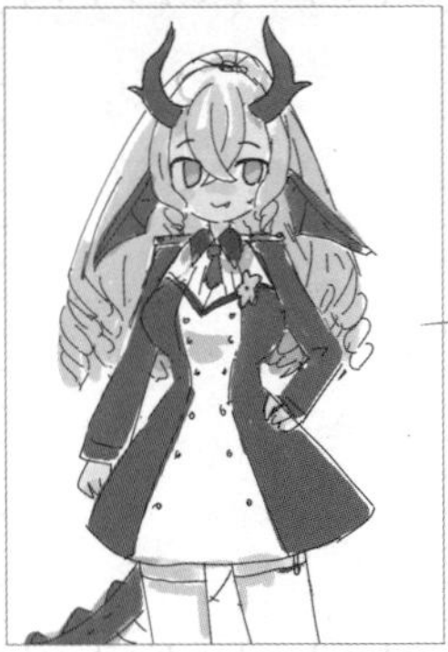

「零老師！差不多要跟我
談戀愛了吧？」

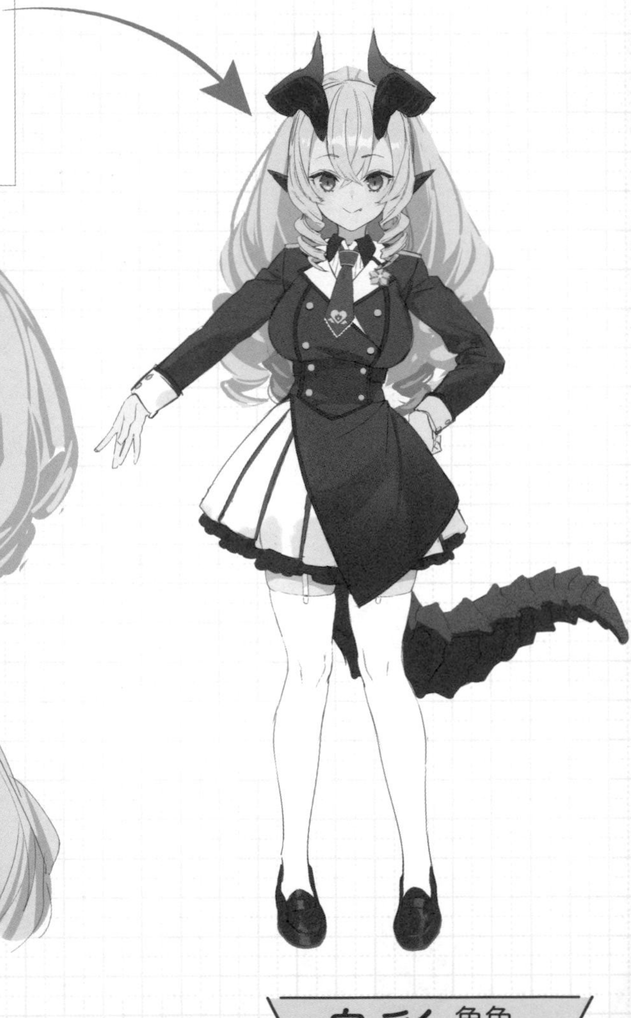

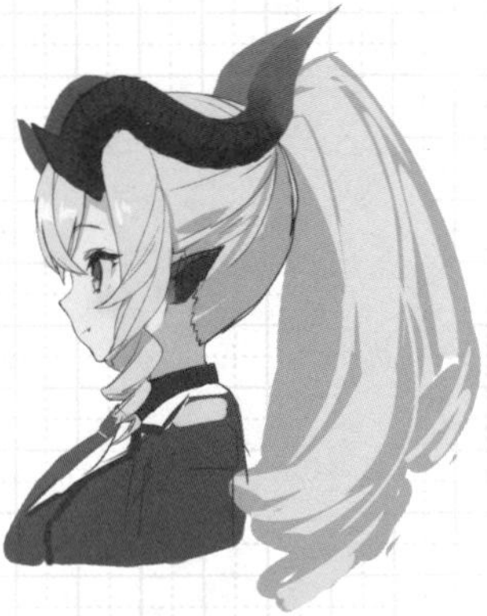

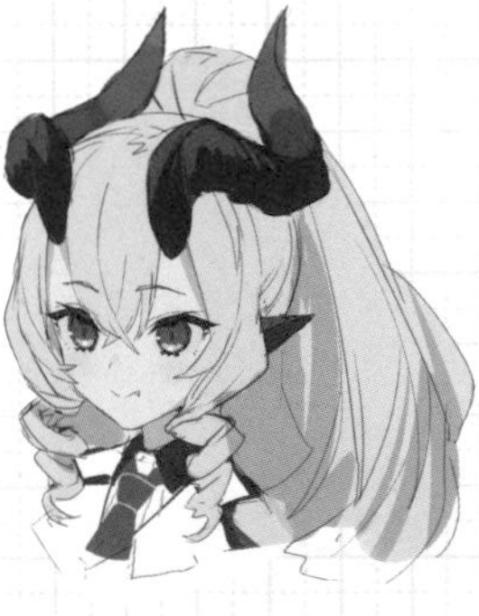

泉彩 角色設計圖

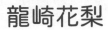

根津萬智

▼ 来栖夏芽想像圖

「哪裡有食物……
哪裡就有萬智啾～～～～！」

泉彩 角色設計圖

黑澤寧寧子

「……我不喜歡顏色……
會讓我……不正常。」

▼ 来栖夏芽想像圖

泉彩 角色設計圖

理事長（不知火大人）

▼ 来栖夏芽想像圖

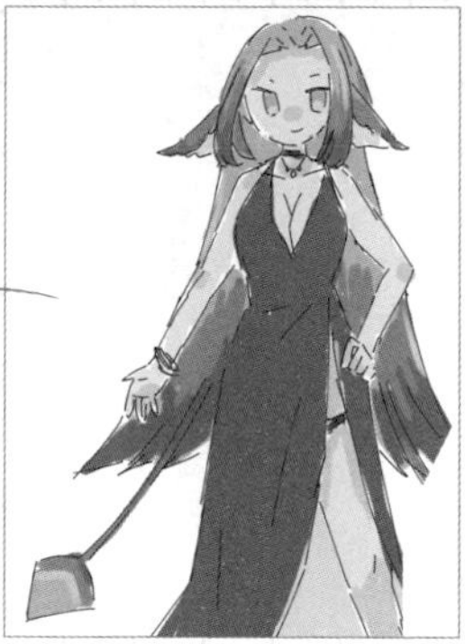

「抱歉嚇到你喔，老師！
羽根田帷是我用來
就近觀察學生的偽裝～」

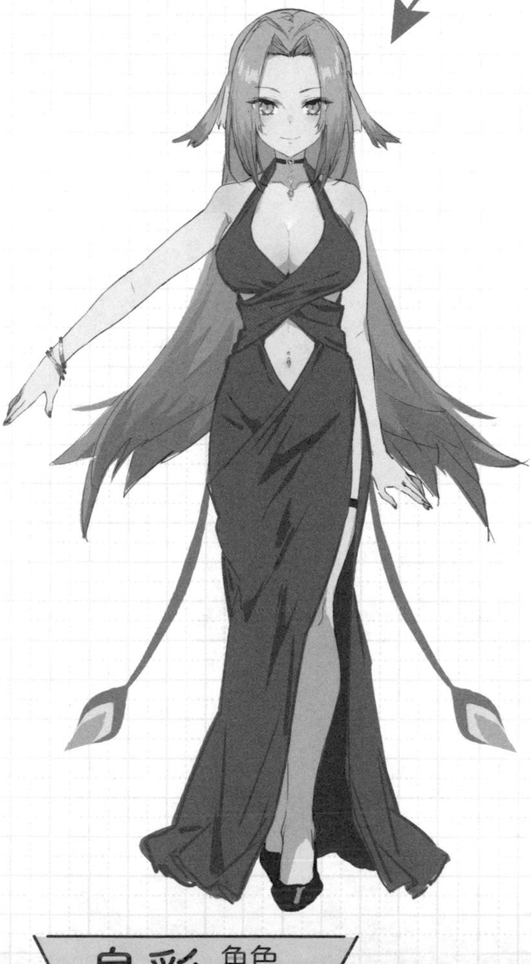

泉彩 角色設計圖

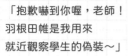

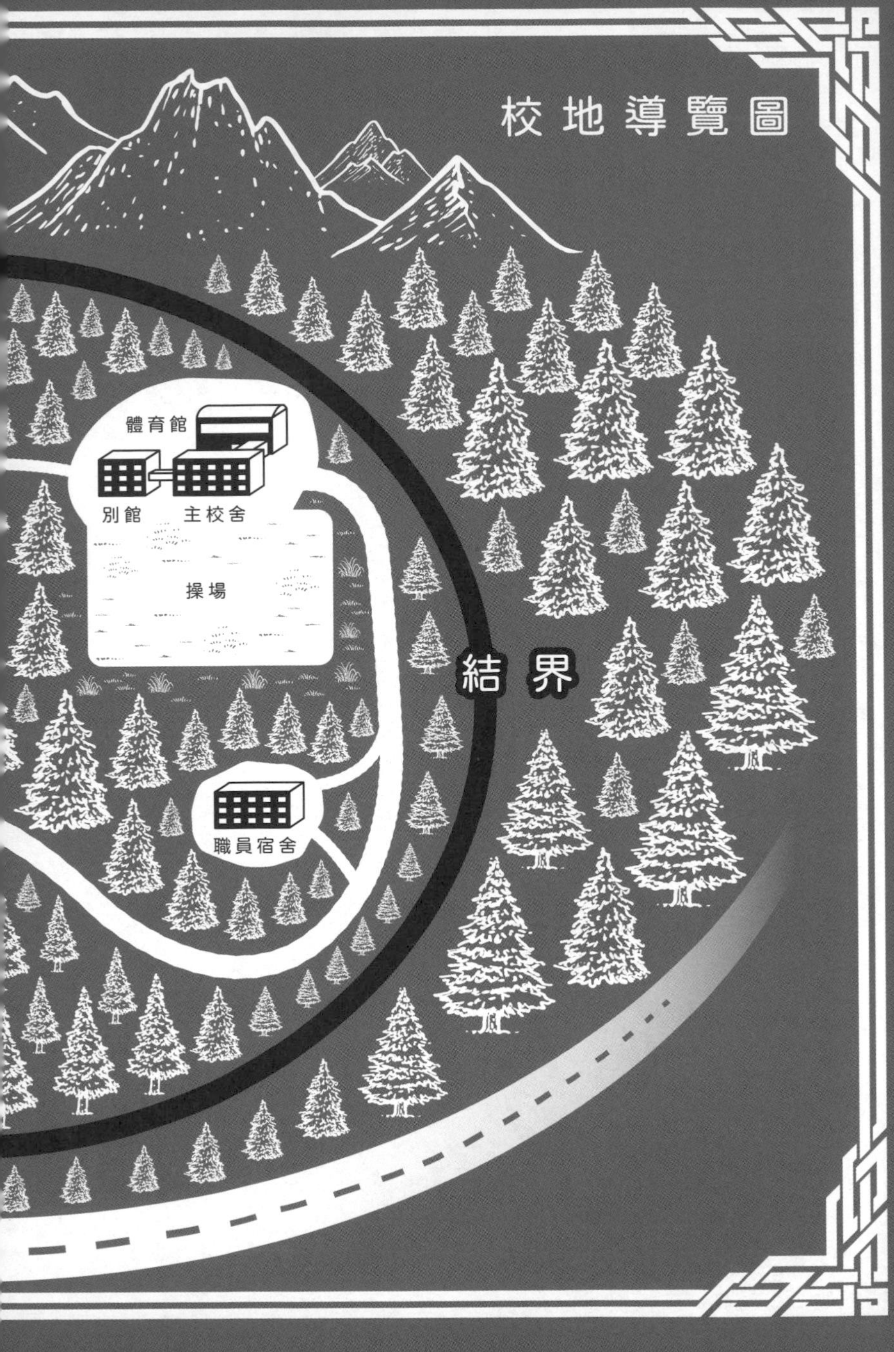
校地導覽圖
體育館
別館
主校舍
操場
職員宿舍
結界

N
河
溫泉
學生宿舍
公車站牌
櫻花樹

主校舍平面圖

別館	音樂教室、美術教室、福利社、電腦教室 視聽教室、家政教室、理科教室

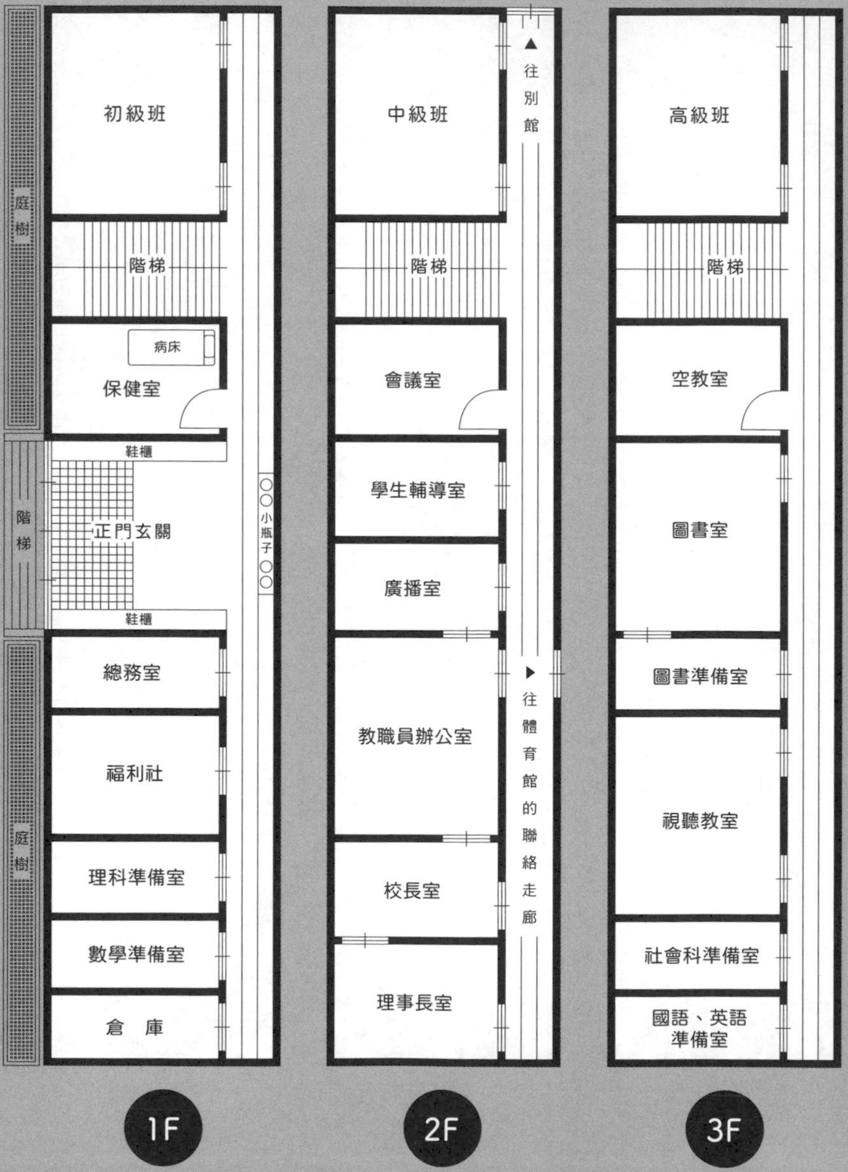

非人學生與厭世教師②

人間老師，可以替我們找出希望嗎……？

作者

来栖夏芽

插畫

泉彩

編輯

大竹卓

特別感謝

各章　三主題提供者

序曲

健屋花那

〔　櫻花　貓　電車　〕

厭世教師與徒花的戀愛占卜

雷奧斯・文森特

〔　UMA　毒氣　十萬垓　〕

厭世教師與貪吃英雄

艾露

〔　左輪手槍　膠帶　英雄　〕

厭世教師與林中暑假

椎名唯華

〔　泡澡　三溫暖　飯　〕

厭世教師與安寧魔法

謝林・伯良第

〔　外星人　戰隊英雄　蛋糕　〕

厭世教師與帷中追憶

戌亥床

〔　馬鈴薯　漫畫　高樓大廈　〕

厭世教師與赤誠眞心

花畑嘉依卡

〔　金繕　蝙〇俠　法務官　〕

【好消息】我的不起眼未婚妻在家有夠可愛。 1~7 待續

Kadokawa Fantastic Novels

作者：冰高悠　插畫：たん旦

情人節＆結花的生日將至，
我們也迎來了重大的「轉機」！

在同學們的推波助瀾下，結花在學校對我表白？我也要克服以往苦澀的回憶，往前邁進！結花作為「和泉結奈」有所成長，組成團體，發表新一屆「八個愛麗絲」。我和她之間笑容的軌跡終將開花結果！今後只要我們兩個在一起就沒問題！

各 **NT$200~230/HK$67~77**

青梅竹馬絕對不會輸的戀愛喜劇 1~10 待續

Kadokawa Fantastic Novels

作者：二丸修一　插畫：しぐれうい

志田碧跟間島陸將加入群青同盟？
女主角爭奪賽越演越烈的第10集！

青澀的新生們入學，想加入群青同盟的學生竟超過兩百人！為了考驗想入社的人，下屆社長真理愛提出的第一道測驗是面試，然而這非但不是普通的面試，測驗更從面試前就已經開始——黑羽的妹妹碧還有末晴的小弟（？）間島陸都來入社測驗攪和

各 **NT$200~240/HK$67~80**

青春豬頭少年不會夢到自家女學生

Kadokawa Fantastic Novels

作者：鴨志田 一　插畫：溝口ケージ

咲太的學生姬路紗良罹患思春期症候群，她本人卻主張「不想復原」？

咲太在打工的補習班負責的學生多了一人──姬路紗良，就讀峰原高中一年級，是成績優秀的模範生。她也被霧島透子贈送了思春期症候群，而她又是產生何種症狀？在擔心「麻衣小姐有危險」這句訊息的當下又面臨這件麻煩事，令咲太頭痛不已……

各 **NT$200~260/HK$65~83**

位於戀愛光譜極端的我們 1~6 待續

Kadokawa Fantastic Novels

作者：長岡マキ子　插畫：magako

你該不會……到現在還是處男怪吧……？
大受好評青春群像劇進入大學生篇！

一起度過燦爛時光的同伴們都已踏上各自的道路。月愛當然也開始按自己的步伐往前奔跑。然而，我的心意仍舊與當時一樣。這次是距離上集結尾……三年後的故事！咦咦？月愛和龍斗……變得如何了呢？請放心，這次依然是大家一起揮灑青春！

各 **NT$220~250/HK$73~83**

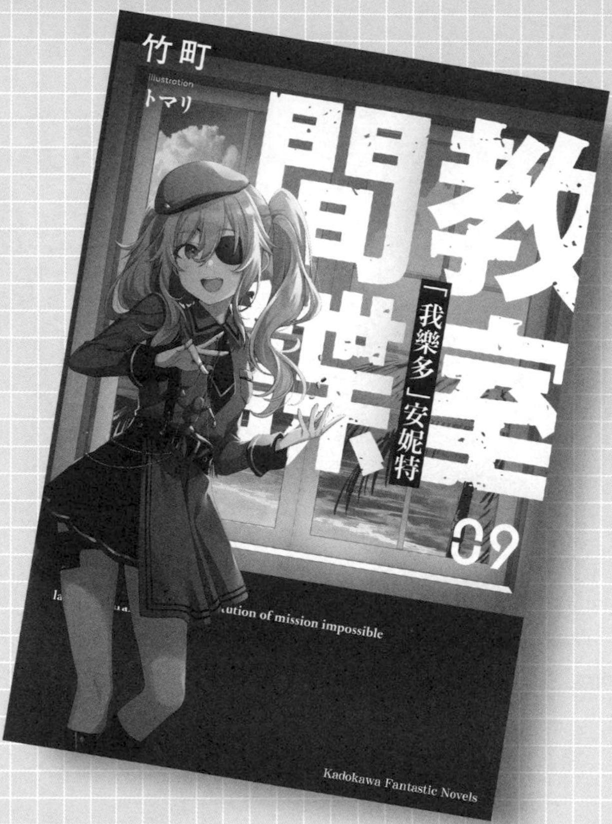

間諜教室 1～9 待續

Kadokawa Fantastic Novels

作者：竹町　插畫：トマリ

即使本小姐變得愈來愈壞，
大哥還是願意喜歡我嗎？

結束在芬德聯邦的激戰之後，克勞斯對在離島享受假期的少女們下達「在假期結束的前一天之前，全員不得集合」的神祕指令。當再次集合的日子來臨——安妮特卻沒有現身。拼湊分散行動的這十三天來的記憶，少女們動身尋找消失同伴的下落……

各 **NT$220~250/HK$73~83**

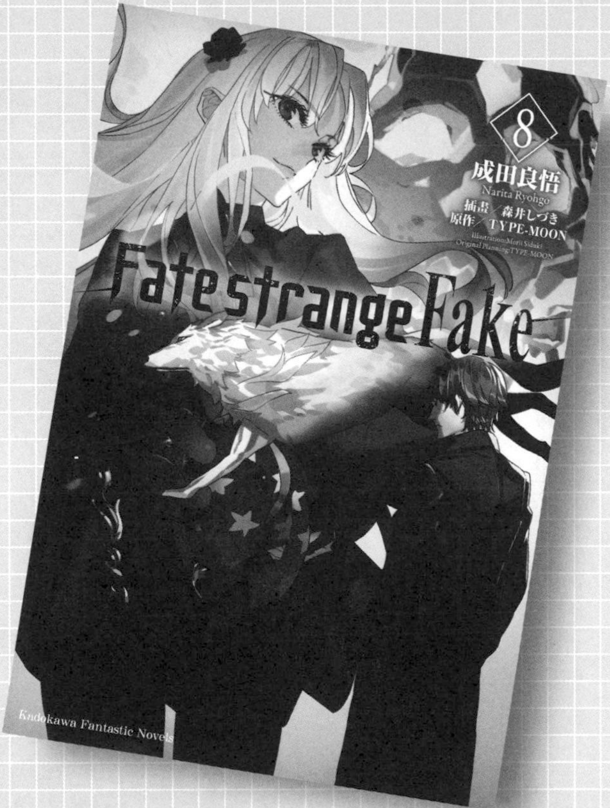

Fate/strange Fake 1~8 待續

Kadokawa Fantastic Novels

作者：成田良悟　原作：TYPE-MOON　插畫：森井しづき

「——吾為汝送晚鐘而來。」
討伐伊絲塔之戰就此爆發，災難降臨史諾菲爾德——

回應呼喚而來的巨型颱風——天之公牛澈底攪亂聖杯戰爭。槍兵無法容忍女神近乎否定人理的肆虐而擊出寶具，卻遭到與他深有淵源的怪物——真狂戰士阻撓。此外，願意聯手共度非常時期的主人與使役者們在溪谷會合，綾香卻在艾梅洛教室的諸位面前——

各 **NT$200~280/HK$67~93**

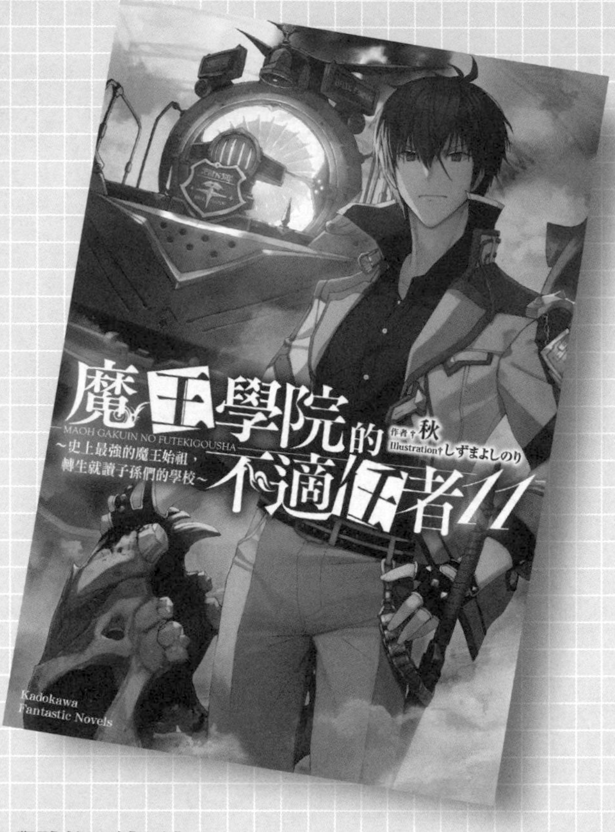

魔王學院的不適任者~史上最強的魔王始祖，轉生就讀子孫們的學校~ 1~11 待續

Kadokawa Fantastic Novels

作者：秋　插畫：しずまよしのり

追尋消失的「火露」下落，
故事舞臺終於來到「世界的外側」！

打倒艾庫艾斯後，世界進行了轉生。然而至今流失的「火露」仍然下落不明，阿諾斯等人因此得出一個假設：「在這個世界的外側，可能存在另一個世界。」就像要證實這一點似的，當阿諾斯他們在摸索前往世界外側的方法時，身分不明的刺客襲擊了他們——

各 **NT$250~320/HK$83~107**

國家圖書館出版品預行編目資料

非人學生與厭世教師. 2, 人間老師,可以替我們找出希望嗎......?/来栖夏芽作 ; 吳松諺譯. -- 初版. -- 臺北市 : 臺灣角川股份有限公司, 2023.11

面 ; 公分. -- (Kadokawa fantastic novels)

譯自 : 人外教室の人間嫌い教師. 第2巻, ヒトマ先生、私たちの希望を見つけてくれますか……?

ISBN 978-626-378-166-5(平裝)

861.57 112015447

Kadokawa
Fantastic
Novels

非人學生與厭世教師 2
人間老師，可以替我們找出希望嗎……？

（原著名：人外教室の人間嫌い教師 2 ヒトマ先生、私たちの希望を見つけてくれますか……？）

2023年11月15日　初版第1刷發行

作　者：来栖夏芽
插　畫：泉彩
譯　者：吳松諺

發 行 人：岩崎剛人
總 編 輯：蔡佩芬
編　　輯：楊芫青
美術設計：莊捷寧
印　　務：李明修（主任）、張加恩（主任）、張凱棋

發 行 所：台灣角川股份有限公司
地　　址：104台北市中山區松江路223號3樓
電　　話：（02）2515-3000
傳　　真：（02）2515-0033
網　　址：www.kadokawa.com.tw
劃撥帳戶：台灣角川股份有限公司
劃撥帳號：19487412
法律顧問：有澤法律事務所
製　　版：巨茂科技印刷有限公司
ＩＳＢＮ：978-626-378-166-5